濡れた石畳

Wet cobblestones

竹中 寛

Takenaka Hiroshi

幻冬舎 MC

濡れた石畳

目次

一　エトワール広場

ついに私はフランスの石畳を踏んだ。

山田氏の運転するシトロエンCXは、今日もシャンゼリゼ通りから、凱旋門をぐるりと囲む巨大なエトワール広場（Place de l'Étoile）のロータリーに突っ込んで行く。

私はニホンタイヤ株式会社が産んでくれたタイヤである。サムライという名前でフランスに送り込まれ、この車に装着されている。

ここからが勝負だ。五、六車線はありそうなロータリーだが車線そのものはなく、無秩序に埋め尽くした車が我先にと、少しでも鼻を突き出そうと競っている。

山田氏はロータリーに入ると、反時計回りの流れに乗りつつ、内側を目指しハンドルを左へ切った。中へ中へと図々しく突き進む。ロータリーの最外部を走っていると外へ押し出されてしまうからだ。

私は彼の意図を素早く察知し、石畳の路面を強くグリップする。今朝は冷たい春雨がしとしとと降っており、石畳の表面は濡れて光っている。いかにも滑りそうだから、いつもより気を引き締める。おっと危ない、ぶつかりそうだ。山田氏のブレーキに応えて、石畳をぎゅっと踏みしめるが、やはりずるりと滑って寸前で止まる。危ない危ない、右側の車に先をゆずる。

無秩序と言ったが、実際にはぎりぎりのところでルールがあり、最後は右側の車に優先権があるらしい。人間たちのモラルに任せた極めて大人の世界である。こんなルールが果たして日本でも通用するだろうか。

やっとロータリーの内側に入り円旋回となる。私は遠心力で外にはじき出されそうになりながら、路面を強くグリップし続ける。

クレベール通りが近づいて来た。さあ、これからは外へ向かう作業に入る。常に右側に注意しながら、少しずつロータリーの外側へ出る。焦っては駄目だが、もたもたしていたら永久に凱旋門の周りをぐるぐる回らされることになる。かなりの図々しさと運転テクニックが必要なポイントである。

こうして凱旋門の周りにある十二の道路のうちの一つであるクレベール通りに無事に進入すると、ひと仕事を終えたようなほっとする感覚を味わう。

パリには石畳路面が多い。この路面を走行する時は、石をソフトに包み込むようにしないと乗り心地に影響する。しかも石の表面はつるつるだから滑りやすいし、雨で濡れている時はなおさら要注意である。これに慣れるにはまだまだ時間がかかりそうだ。中でもエトワール広場のロータリーには特に気を使う。

ニホンタイヤ株式会社で生産された私がフランスへ送り込まれたのは、一九八二年二月、パリのプラタナスやマロニエがまだ葉をつけず、寒そうにブルブルと震えている季節であった。

サムライという私の名前は、日本という看板を背負ってフランスへ切り込んでいくのには相応しいが、名前が良ければ評価されるという訳ではない。サムライらしい風格と能力が伴っていなければならない。しかも戦う相手が相手である。

フランスが生んだ傑作といわれるものの一つにフランソワタイヤという会社がある。私が聞いたところでは、フランソワタイヤは従来のタイヤとは全く異なる構造のタイヤを一九四六年に開発したらしい。それはラジアルタイヤと呼ばれる。

この革新的構造によって、タイヤの寿命は従来のバイアスタイヤに比べ飛躍的に伸びた。以来、フランスから欧州全域、その後世界へとフランソワタイヤは一気にマーケットシェアを拡大してきた。

私の先輩タイヤたちは、一九六〇年代からフランソワタイヤに対抗すべく、苦労に苦労を重ねてこの欧州市場に挑んできた。そして一九七〇年代後半にやっと欧州への参入を果たし、今ではニホンタイヤはまあまあ知られたブランドの一角に名を連ねている。

だが、フランス市場だけは別格である。フランスはフランソワタイヤの本丸であり、ニホンタイヤはまだ一歩たりとも中へ踏み込めていない。世界最強の敵の本丸を攻めるための第一次上陸部隊として送り込まれたタイヤが、サムライこと私である。大変な使命を背負っているのだ。

私はニホンタイヤのパリ駐在エンジニアである山田晴信氏の社有車シトロエンＣＸに装着されている。山田氏は三十六歳、身長は一七〇センチぐらいだ。彼の話す言葉や運転の仕方から判断すると、かなり一本気な性格のようだ。既婚で男の子が二人いて、家族でパリ十六区のエグゼルマン通り沿いのアパルトマンに住んでいる。

車は著しく進化している。だが車の加速性能やブレーキ力、操舵性が飛躍的に進化したとしても、私たちタイヤがそれらの力を路面にしっかりと伝達できなければ進化は空回りする。ドライバーが曲がりたい、止まりたいと思っても、タイヤがその意思を持たなければ結果は事故に繋がる。また、車の燃費性能がどんなに向上しても、タイヤの転がり抵抗が大きければ意味がない。

それだけ重い役割を担っているということは、私たちの誇りとするところでもある。

私たちはみな一様に黒くて丸い。しかし性格はそれぞれ異なる。私の場合はサムライという名の通り、ハンドルの切れを重視した性格だと思うが、それを露骨に出してはならない。それは潜在能力としていざという時のために取っておいて、普段はあくまでも謙虚に車の性能や路面の状態、そしてドライバーの性格に合わせた走りをしなければならない。だが、これがなかなか難しい。

私はパリという街のことはまだ良く知らない。だが山田氏が運転しながら独り言を言っているのを、車の下で聞いていてだいぶわかってきた。彼は恐らく日本からのお客や出張者にパリやフランスのことを説明するために、ぶつぶつと反芻しているのだろう。

山田氏の話を聞いていると、パリには次々と興味が湧く種があり、面白いと感じている。ただ、重厚な歴史を刻んできた道路を、新参者が踏みつけていいものかどうか。私としては躊躇するところでもある。


朝、いつものようにアパルトマンの地下駐車場に山田氏が降りて来た。彼は車に乗り込むとすぐにエンジンをかけた。すると独特のハイドロ・ニューマチック・サスペンション（油圧式懸架装置）が作動し、車体がふわりと浮き上がった。さぁ仕事だ。

駐車場からエグゼルマン通りに出ると今日も雨が降っていた。冷たい雨がマロニエの並木を濡らし、路面に落ちて私に容赦なく跳ね返る。私が滑りに気を付けなくてはと思う瞬間である。シトロエンCXは左折してセーヌ川沿いを、自由の女神像やエッフェル塔を右に見ながら上流へ向かう。

ニューヨークの自由の女神像は、アメリカ合衆国の独立百周年を祝ってフランスから贈呈されたものだ。その設計にはエッフェル塔の設計者であるギュスターヴ・エッフェル氏もかかわっている。このパリの自由の女神像は、その返礼としてアメリカから贈呈されたものらしい。自由という言葉はアメリカを象徴する言葉のようだが、実はこのフランスが革命の合言葉として自由、平等、博愛とうたったのが先である。まあどれも山田氏の請け売りであるが。

やがてシャンゼリゼ通りに入る。やや上りで、真正面に見える凱旋門から、後ろのコンコルド広場まで約二二〇〇メートルにわたって、寸分狂いない直線路だ。

観光客らしい人々が傘をさして行き来する中に、アフリカ系の男が傘もささずに小走りで通りを凱旋門方面へ上っている。チリチリの髪の毛が雨をはじいているように見える。

シャンゼリゼ通りの両側には高層ビルはなく、雨空が広々と通り全体を覆っている。

前方に凱旋門が迫って来たが、真っ直ぐに通り抜けることはできない。凱旋門はエトワール広場というロータリーに守られており、すべての車はぐるりと回り込まなければならない。

シャンゼリゼ通りも凱旋門も通らないでショートカットする道もあるが、山田氏は毎日あえて遠回りして、このコースを選ぶ。

このロータリーが私にとっての鬼門であるが、これを首尾よく抜けきってクレベール通りへ入ればニホンタイヤのパリ駐在オフィスはもうすぐそこだ。

山田氏はオフィス近くの公共地下駐車場に車を停めて仕事に行き、私はここで一休みとなる。

暗い駐車場の静寂の中で私は、この欧州への上陸を目指して戦いを挑んできた先輩サムライたちに思いを馳せ、背負っている荷の重さをあらためて自覚する。

それは語り継がれている先輩たちの長い長い苦悩の歴史であり、私の胸にうめきのようによみがえってくる。

二　アウトバーン

ニホンタイヤがサムライ第一期生を日本から欧州へ送ったのは、一九六〇年代後半のことであった。

日本が一九六四年の東京オリンピックを成功させ、高度成長に向かって一気に突き進んで行った頃である。

サムライ第一期生はタイヤの立場で、日本人ドライバー、日本車と日本の道路は熟知しているが、欧州はまだ誰も走ったことはなかった。特に西ドイツにはアウトバーンと呼ばれる高速道路があり速度制限はない。そんなところで日本のタイヤが果たしてまともに走れるのだろうか？　でも日本は速度が遅すぎて物足りない、超高速の世界はやりがいがあるかもしれない、と不安と期待が相半ばの心境で九州博多の港を発った。

俺たちを乗せた貨物船は南シナ海、インド洋から紅海を通ってスエズ運河に入った。ここを無事通過し、地中海からジブラルタル海峡を抜けたのちに大西洋を北上してイギリスのサウスハンプトン港に接岸した。ここでイギリス派遣組が降りた。

その後、船はさらに北へと向かいエルベ川を遡ってやっと西ドイツのハンブルク港へ到着した。うんざりするほど長い船旅であった。

八百年の歴史を持つ港町ハンブルクは、ハンザ同盟都市として発展した北部ドイツ最大の都市である。俺、ことサムライ独はこの街のタイヤディーラーに欧州ブランドたちと並べて飾られた。まるで飾り窓の娼婦のように。

早速隣のタイヤが、話しかけてきた。

「おい、君はどこから来たんだ？」

「なに！　人に聞く前にまず自分から名乗れ」こういう時は下手に出たらバカにされる。

「そりゃそうだな、これは僕が悪かった。僕はフランスから来たんだ」

「そうかお主はフランスから来たのか。そんならお主の名前はフランソワだろうが」

それがフランスのフランソワタイヤとの最初の出会いであった。

「おっ、よく知っているね。で、君は？」

「それがしは日本から来た。名前はサムライ独という。独はドイツの意味だ」

するとフランソワタイヤがくすっと笑って、

「随分遠くから来たんだね。そしてやっぱり君は極東の田舎もんだ。おかしな名前をつけられて気の毒だね」

その時店へ入って来た客が、俺を見つめて、

「これはどこから来たライフェン（タイヤ）だ？」

と店員に聞いた。店員は、

「これはヤーパン（日本）から来たサムライというライフェンだ。安いけど品質はいいよ」

と薦めた。

そうか、安サムライか、下級武士扱いだが、まだ実績も何もないからやむを得ない、俺はそのやりとりを聞いて思った。

客は俺の頭を撫でながら言った。

「サムライという名前がいい。ドイツと日本は第二次世界大戦で同盟国だったんだ。イタリーも仲間だったが、あいつらはさっさと降参した。最初からイタリー抜きでやったら結果も違ったけどな。よし使ってみるか」

金髪、長身で中年のこのドイツ男のＢＭＷ二〇〇二に、俺は使われることになった。それまで装着されていた西ドイツ製のコンチネントというブランドのタイヤ四本とスペアも外され、俺が五本ホイールに組まれた。空気が充填され、ホフマン製のバランサーでスタティックとダイナミックバランスがきっちりと調整されると、俺は鎧兜に身をつつまれたような厳粛な気分になった。そして全輪に装着され、残り一本はスペアとしてリアトランクに入れられた。

隣にいたフランソワタイヤが大声で、「あばよー、縁があったらまた会おう」と言った。

俺を装着したＢＭＷ二〇〇二は、もうすでに暮れかけた晩秋の薄明りの中を、ハンブルク市内からエルベ川沿いに西方へ向かった。実に木々の多い街だが、葉はつけていないので、広い海のようなエルベ川の対岸の景色がよく見える。しかし俺にはゆっくり景色を見る余裕はない。車の発進時の加速が鋭く、俺はキーと悲鳴を上げて路面を必死にグリップした。市内だというのに時速八〇キロも出す。信号が赤だが、ほんの少しブレーキが遅れ停止線をはみ出し、横断歩道に入ってしまったので、通行人が「出てるぞ」と言ってボンネットを叩く。ドイツ人はルールに厳しい。それにしても日本のドライバーの運転とは全く違う。これが一般的なドイツ人の運転か、あるいはご主人が特別なのか？　いずれにしても前途多難である。

俺が初めてのハンブルクの道路を緊張して走っていたら、あっという間にオットマルシェンという町の主人の家に着いた。

門を入ると、アプローチが少し上りスロープになっており、正面にガレージがある。天気が良いからか、主人はあえてガレージには入れずに手前に駐車した。左に広い庭があり芝の緑がトワイライトの中で鮮やかだ。何かがちょろちょろと俺に近づいて来た。リスだ。芝の上でもぐもぐと口を動かしていたが、すぐにどこかへ消えてしまった。また会えるといいな、と俺は思った。

主人の名前はハンス・ランゲといって、会計士としていろいろな会社の会計監査を請け負っているらしい。おのずとハンブルク以外の地へ出張することも多いようだ。しっかり彼の車を支えなければならない、と気が引き締まる。

翌日ランゲ氏はハンブルクから西ベルリンへ出張した。早速遠出である。

ハンブルクから二四〇キロメートル東方にある西ベルリンへ行くには、東ドイツの中を通らなければならない。東ドイツとの国境でランゲ氏は厳しい検問を受けた。パスポートコントロールで係官が聞く。

「どこへ行くんだ?」

ランゲ氏は不愉快そうな口調で、

「西ベルリンに決まっているだろう。そこしか行けないのに何で聞くんだ」

係官はそれには反応せず、

「何しに行くんだ?」

「俺は西ドイツの西ベルリンに行くんだ。何しに行くのかおたくの国には関係ないだろう」

「ここからは我々東ドイツの土地だ。通るためには質問に答えろ」

ここでランゲ氏はお上には逆らわない方が良いと思ったらしく、気を取り直して一応素直に答えた。するとプレス機械のようなガシャンという音がした。通行許可のスタンプを押してくれたのだ。

彼らは同じドイツ民族でありながら自由圏、共産圏と二つの国に引き裂かれ、全く違う人間に作られてしまっている。つまり人間は環境によってどんな性格にも変わることができるということなのか?

俺たちタイヤも使われる国や使用条件や顧客の嗜好に合うようにゴムや構造、顔形まで、いわゆるスペックを変えさせられるが人間も同じようだ、と俺は思った。

国境を越えればあとはただひたすらアウトバーンを東へ向かって走る。出発が午後だったからもう周りは真っ暗闇である。冬時間では暗くなるのは非常に早い。途中の街に寄ることなどできないし、極端に言えば脇見もできない、どこから監視されているかわからない。ヘッドライトに映し出された路面を見つめてただひたすら走るだけだ。

アウトバーン網は第二次大戦前にヒトラー政権によって全ドイツ及び周辺国へ拡大され、それがハンブルクとベルリンの間にも残っているらしい。しかし、東ドイツ内の部分は保守、補修がきちんとされないようで、路面が荒れていて最高速度は一三〇キロに制限されている。

時速一三〇キロぐらいで走っていても、東ドイツ製乗用車のトラバントをごぼう抜きにする。トラバントは二気筒六〇〇CC、プラスチックボディーの東ドイツ自慢の車だそうだが、ポンポン蒸気船のような音を立てて喘ぐように走っている。タイヤも東ドイツ製だろうか？　車一つとっても、西側と東側には大きな差ができていることが一目瞭然である。それにしても道路表面の仕上げが悪く、舗装継ぎ目で俺はかなり跳ねる。これをハーシュネス（継ぎ目ひろい）というが、ドライバーの尻のあたりをゴツンゴツンと跳ね上げるようだ。この舗装継ぎ目の部分をうまく包み込むことも、俺たちタイヤに要求される性能である。

漆黒の闇の彼方の空に明るい光が見えると、間もなく西ベルリンに着いた。車はホテルの駐車場に停められ、ランゲ氏はこのホテルに投宿するので、俺も一休みできる。

翌朝、ランゲ氏が関係している会計事務所のペーターという人が助手席に同乗した。彼の同業者らしい。二人はこれから会計監査を実施する会社に向かった。

ランゲ氏が運転をしながらペーターに話しかけた。

「すがすがしい朝だね、ペーター。でも木々の葉が枝から離れ、はらはらと舞い落ちると寂しいねえ」

「そうだね、これからが長い冬だよ、ハンス」

だが俺には風流を味わっている余裕はない。俺と道路面との間に枯れ葉が入ったらとても滑りやすいから要注意だ。

ランゲ氏とペーターは話を続けている。

「ベルリンはやっぱりハンブルクよりはるかに大きい街だなあ」

「そりゃそうだよ、ご存知の通りプロイセンからドイツ帝国、そしてワイマール帝国と移り変わったが、常にその首都として君臨してきたベルリンだから、大きいし風格がある街だよ。でも今現在は、正式にはドイツではなくアメリカ、イギリス、フランス三国の管理都市だから、寂しい限りだ」

ペーターはいかにも無念という感じに、低い声をため息交じりに発した。

「イギリス、フランスはわかるけど何でアメリカに統治されないといけないのかね」

「仕方がないよ。最大の戦勝国だから」

「確かにそうだなあ、ペーター。相手がイギリス、フランスだけだったらこっちはドイツと日本でイタリー抜きでも勝てたと思うが、アメリカが相手では無謀な戦争だったかなあ」

ランゲ氏がしみじみとした口調で話しているうちに、ひときわ広い通りに出た。

「おっと、広々とした通りに出たな、これが六月十七日通りか？」

と、ランゲ氏が聞くと、ペーターはさっきよりも少し大きな声で答えた。

「そうだよ。一九五三年の東ベルリン暴動にちなんで名付けられた道で、先端がブランデンブルク門だ。今日監査しようとしている会社はその近くにある」

「その会社の問題点は、端的に言えば何だね、ペーター」

ランゲ氏の質問は仕事関係の方に移った。

「不良債権だ。長期に渡り回収できていない売掛金が問題だよ」

「そうか。それを無理やり取り立てに行くか、払ってくれるまで辛抱強く待つか、不良債権として引き当て処理してすっきりするか、どれかだな」

「あ、ハンス、この辺の駐車スペースに停めよう」

ブランデンブルク門の近くのビルの前に駐車したランゲ氏は、車を降りると門の方を見ながら、憐れみを込めた口調で言った。

「門の向こう側に東ベルリンの建てものが垣間見えるけど、西に比べるといかにも古くて暗いね。門の両脇には高い壁がはるか先まで張り巡らされて、しっかりと東西を分離している。これが家族も親戚も仲間たちも引き離してしまったベルリンの壁か」

「随分多くの人がこの壁を乗り越えたり潜ったりして東から脱出しようとしたが、ほとんど撃ち殺されている」

「ひどいもんだなあ」

ランゲ氏は顔をしかめた。

「確かにこの壁のために犠牲になった人たちは気の毒だ。でもこの壁が第三次世界大戦を防いでくれたとも言われている。もし大戦になっていたら核戦争になっていたかもしれないね」

「どういうこと?」

ランゲ氏のみならず俺も非常に興味深くペーターの話を聞いていると、ペーターは続けた。

「共産主義である東ベルリンと自由主義の西とは戦後の発展が大きく違った。それで壁ができる前は、東から西ベルリンに移動する人がどんどん増えて、その中には西ベルリンを経由して西側諸国へ移住する人も多かった。ソ連のフルシチョフ首相はそれに危機感を抱き、対応策として西ベルリンを非武装自由都市とする提案をアメリカのケネディ大統領にぶつけた。それが一九六一年のケネディ・フルシチョフ会談だよ。しかしそれを西ベルリンの東ドイツ化作戦だと判断したケネディは一蹴した。フルシチョフは怒って戦争をしかけるつもりだったらしいが、冷静に考えれば当時のソ連の軍事力ではアメリカに対抗できるはずもない。しからばどうするか考えたのが、東から西への移動を阻止するためのベルリンの壁だ。これが一夜で築かれた。一九六一年八月十三日のことだよ」

「つまりベルリンの壁のおかげで東西の核戦争が回避された訳だな」ランゲ氏は納得の表情をみせた。

「そうなんだよ。だけど、ごく普通の人たちは資本主義だろうが共産主義だろうがそんなことはどうでもよく、家族、仲間が楽しく自由に暮らし、そして努力が報われる社会であればそれで良いと思っているんだろうね」

そうだよ、ペーターの言う通りだ。そして俺はその人たちを支えてひたすら走れば良いのだ、と思った。

二人は仕事へ向かい、俺はブランデンブルク門を眺めながらじっと待つ。

数時間後、二人が駐車場へ戻って来ると、ランゲ氏が車を発進させながら、独り言のようにつぶやいた。

「あの売掛金は回収不可能だな。不良債権としてすべて損失処理し、今年は赤字にして来年すっきりと出直すのが最善策だ。この提案を受けてくれて良かった。これで一件落着だ」

俺は会計士の仕事というのがどんなものかは全くわからないが、とにかく主人の出張仕事がうまくいったようで良かったと思った。

ペーターを彼のオフィスに送り届け、再びハンブルクへ向かい、俺は東ドイツ領内の荒れた路面をもう一度しっかりと踏みしめて西へ向かって疾走した。

その後、ハンブルクを中心にせいぜい一〇〇キロメートル圏内のドライブをする中で、俺は随分とこちらの道路に慣れてきていた。

街の中心にあるアルスター湖が凍り始めている。いよいよ冬到来だ。雪こそそう降らないが、真冬になればアルスター湖は完全に凍ってしまい、子供たちはアイススケートに興じるそうだ。

これから冬の増々滑りやすい路面になるので気を付けなくては、と考えていた矢先に、俺はランゲ氏のＢＭＷから取り外されてしまった。西ドイツ製コンチネントブランドのウインタータイヤに交換されたのである。

無理やり冬眠させられるようなものだが、俺は夏用タイヤなので雪や凍った路面を走るのは無理だから仕方がない。ランゲ氏の家のガレージの中で春の来るのをじっと待つしかない。

それからは主人のランゲ氏が帰宅をしてガレージに車を入れると、俺は装着されているウインターのコンチネントタイヤと話をするのが楽しみとなった。

「おいウインター」

コンチネントタイヤのことを俺はそう呼ぶ。

「今日の外の状況はどうだった？」

「おう、サムライ、呼びにくいからサムだ。今日は寒くて路面が凍っていて大変だったよ。まあ俺の場合はスパイクがついているから大丈夫だが、それでもつるつる滑ってなかなかグリップが難しかったよ」

確かにこいつは深い溝のパターン（タイヤ踏面の模様）に、さらに金属のスパイクが埋め込まれている。その深い溝に氷が詰って冷たそうだ。

「そうか、そんな状況ならばやはり俺には全く無理だな。おぬしは彫りの深い顔をしているうえに、スパイクがびっしり打ってあるから精悍で、雪でも氷でもひっかいて走れそうだからな。俺は春が来るまでこのガレージの中でじっと待つしかない」

「そうだな、サム。お前には無理だな」

ウインターはスパイクをギラリと光らせながら続けた。

「しかし、お前とは逆に、俺は春が来たら用なしになるんだ。ところで聞くところによると、どうもスパイクが禁止されるという動きがあるようだ。そうなったら俺たちはどうなるんだろうか。スパイクがなかったらどうやって凍った路面をグリップするんだ」

ウインターは表情を一変させて、不安そうにつぶやいた。

「それは大変だな。なんでそうなるんだろう」

「俺たちの顔に打ってあるスパイクが路面を傷めるのとそれによる粉塵が問題だそうだ。俺たちが通る時のカチャカチャというスパイクの音もうるさいらしい。ドイツ人は音に神経質だからな。それでコンチネントタイヤのエンジニアがスパイクのないウインタータイヤを開発しているらしい。俺たちの仲間から聞いたところによると、ラメレンといって踏面部のゴムに細かい切れ目がものすごくたくさん入っていて、その切れ目で凍った路面をグリップするらしいな」

「そうなのか」

俺はウインターのこの情報を聞いて、日本を思い浮かべた。日本でも雪国ではスパイクタイヤを冬の間は使っているが、スパイクがアスファルトを削ることで発生する粉塵は、確かに問題のようだ。西ドイツでのスパイク禁止の動きはそのうち日本でも知られることとなり、日本政府も同調するだろう。我がニホンタイヤも開発を進めておかないと遅れをとることになる。これは非常に重要な情報だ。だが俺は人間に情報を伝達する術を持っていない。どうしたら良いだろう。


ドイツの寒くて長くて暗い冬がようやく終わろうとしていた。水と二酸化炭素だけでは足りないが、春が来ればそこに太陽の恵みが加わり、枝だけになっていた木々に緑の葉が次々とついていく。

ランゲ氏はやっと彼のＢＭＷ二〇〇二のウインタータイヤを夏用の俺に交換することに決めたようだ。

きっと動物が冬眠から覚めた時はこんな気分なのだろう。俺は久しぶりに暗いガレージから外へ出てまぶしくはあったが、本当にすっきりとした気分であった。

ハンブルクに到着して間もない頃に陳列されていたタイヤディーラーで、俺は再びリムに組まれ、空気圧もきっちりと調整された。そしてホフマンバランサーでしっかりとスタティックとダイナミック・バランスが修正された。これでおかしな振動もないはずだ。

俺たちタイヤはまん丸で、アンバランスはないように見えるかもしれないが、実際にはそうでもない。周上に重い部分と軽い部分とがあり、バランスウェイトで修正する。これをスタティック・バランスという。だがこれだけでは足りない。周上の重い部分はタイヤ踏面の真ん中にある訳ではなく、外側か内側に微妙にずれている。これがダイナミック・アンバランスであり、同時に修正しなければならない。

さすがにドイツは高速走行の国だ、タイヤのバランス修正もきちっとしている。

こうして俺は、再びＢＭＷ二〇〇二の前後輪にしっかりと装着された。

俺はまだ本当の超高速長距離走行の経験はしていない。いつその機会が訪れるのか。待ち遠しいのと、いざその時が来たらどうしよう、という不安な気持ちが交錯していた。

すると間もなく、ランゲ氏にデュッセルドルフへの出張仕事が入った。約四〇〇キロメートルの道を二時間半くらいで行くと言う。いよいよ本当のアウトバーンでの超高速走行の試練が始まる。

季節は春を迎え樹木の多いハンブルクの町が緑に覆われ、枝々の間から見え隠れしていたエルベ川の対岸の景色も緑に遮られるようになった。道行く人々の顔にも明るさが出てきているように見える。まあ、そうは言っても基本的にはだいたい皆暗い顔をしているが、それは北部ドイツの特徴なのだろうか。

ハンブルクを発ったランゲ氏はアウトバーンに乗ったとたんに一気にアクセルを踏み込んだ。程よく暖まったＢＭＷ二〇〇二・一九六七モデルのエンジンはドライバーの意図を直ちに理解し回転数を一気に上げた。

俺はそのエンジンの推進力を伝えようと必死で路面をけった。スピードはこの車の能力一杯である時速一八〇キロにすぐに到達した。

俺が今まで全く経験したことのない超高速の世界である。しかし道は片側三車線で広々としており意外にスピード感はない。前夜雨が降ったので水が路面に残っているのではないかと心配したが、ほとんど乾いている。最左側、中央分離帯寄りの車線が追い越し車線であり、そこを走り続け、オペル、アウディ、フォルクスワーゲン等を次々と追い越して行った。

俺は必死で路面を踏み続けた。

後ろから一台の車が迫って来た。と、思ったら瞬く間に車間距離を詰めた。ポルシェ九一一だ。デザインはポルシェ氏、全体設計はピエヒ氏が担当し、徹底的に高速性能を追求した空冷二リッター、一三〇馬力、最高速度二二〇キロの車というよりマシンである。スピードは時速二〇〇キロは出しているだろう。

タイヤは何だろうか？　イタリーのピラリーかドイツのコンチネントか、フランスのフランソワか？　いずれにせよ俺の商売敵であるタイヤだ。それがマクファーソン・ストラットのフロントサスペンション、トレーディングアームのリアサスペンションと組み合わされて路面にべたっと張り付いている。二〇〇キロの速度で回転していると、遠心力でタイヤは縦長になってしまいがちだが、全くその形を崩していない。敵ながらさすがだと認めざるを得ない。ポルシェは俺の後ろにぴったりとくっつき、今にもバンパーをツンと突っつきそうで危ない。ランゲ氏は相手がポルシェじゃあ仕方ないと思ったのだろう。「シャイセ（ちくしょう）」と舌うちをして右側へ車線を変更した。するとポルシェはあっという間に俺たちを追い越して、後姿がどんどん小さくなった。

俺はその後もアウトバーンの路面をしっかりグリップして順調に走っていた。いいぞ、この感じだ、と思ったのも束の間、前方に水たまりが見えてきた。路面が少しへこんだところに昨夜の雨が残っているらしい。だがランゲ氏は全くスピードを落とす気配はない。気が付いていないのか？　そんなはずはないよな、おい、スピードを落とせよ。

ＢＭＷ二〇〇二は時速一八〇キロのスピードでそのまま躊躇なく水たまりに突っ込んで行った。水が楔《くさび》のように俺と路面との間に食い込んでくる。俺は水を必死に後ろと横に排除し路面を離すまいと努力した。しかしいくら排除しても次々と襲う怒濤の水攻めにはいかんともし難く、ついに俺と路面との間に水膜ができ、その上に持ち上げられてしまった。俺は路面を全くグリップできなくなり、車は水の上を滑り始めた。ハイドロ・プレーニング（水上滑走）現象である。

ランゲ氏は突然の出来事にパニックになりながらもスピードを緩め、隣の車線に避難しようと右にハンドルを切った。しかし、タイヤが水の上に乗ってしまっていてはハンドルもブレーキも効かない。あとは滑りに任せるしかない。

そんな状況はわずか二秒ほどであったろうか。水たまりがなくなり、突然乾いたアスファルト路面が現われた。水膜の上に乗って滑っていた俺が、今度は突然乾いた路面に接触させられた。やばいぞ……。

突然のグリップで車は激しく揺れ動いた。危ない、中央分離帯にぶつかる。ランゲ氏は必死に姿勢を立て直し、スピードを落して右の路肩側車線へと逃げた。

聞いてはいたが、これが生まれて初めて経験した恐ろしい超高速でのハイドロ・プレーニングであり、日本では経験することのできない現象であった。直線道路で良かった。これがカーブで起きていたら車は確実にひっくり返っていたに違いない。

ランゲ氏はその後時速一五〇キロ以上出すことはなかった。そうしてデュッセルドルフ出張を終えハンブルクへ戻ると、彼はすぐにタイヤディーラーへ向かった。そして、「アクア・プランニング（ハイドロ・プレーニング）で死ぬ思いをした。こんなライフェン（タイヤ）は危なくて使えない」と言って返品をしてしまった。

やはりこの市場の要求に応えるには並大抵ではない、しかも返品とは最悪である。まずいことになった。これからどうなるんだろう？　俺は自分の力不足の情けなさや悔しさとランゲ氏やニホンタイヤに対する申し訳なさで涙を止めることができなかった。

英国に送られた兄弟はどうしているだろうか？

三　ラウンダバウト

一九六八年十一月、英国のなだらかな丘陵地帯に寒風が吹きすさぶ頃、僕たちニホンタイヤ・サムライ第一期生の英国派遣組はサウスハンプトンに上陸し、トラックでバーミンガム市に送られた。

イギリスはイングランド、スコットランド、ウェールズと北アイルランドの四つの非独立国で成り立っており、正式には〈ユナイテッドキングダム　オブ　グレートブリテン　アンドノーザンアイルランド〉と長ったらしい名前で、通称はＵＫと呼ばれる。

バーミンガム市はＵＫの中でロンドン、マンチェスターに次いで大きな都市であり、イングランドのほぼ中央部に位置する。

このバーミンガムにはタイヤメーカーとしては超老舗のドンリップタイヤが本拠を構えている。

ドンリップタイヤと言えばイギリスを代表するタイヤブランドであり、僕たちは敵の真っ只中に飛び込んだようなものである。

年が明けた一九六九年の初春、僕はこのバーミンガム市に住むデーブ・サンダースという労働者に買われ、彼のフォード・コルチナに装着された。一・三リッターの大衆車だが、デーブがなけなしの金をはたいて二年前に買ったそうだ。タイヤは元々ドンリップが装着されていたが、磨耗してしまったので交換品として僕を選んだらしい。その理由は、一言で言えば安い日本品だからということだった。サムライというたいそうな名前も台なしである。

彼はドンリップタイヤの工場の従業員でありながら、日本製のタイヤである僕を買った。普通ならばドンリップタイヤを使うはずだが、「金がないから安いジャパニーズタイヤを買いたい」との理由で、ドンリップの従業員価格より安い僕を買ったのである。

イギリスの乗用車の市場は他の欧州諸国と違う大きな特徴があるらしい。それはカンパニーカー（社有車）が圧倒的に多く、全登録台数の半分くらいあるということだ。つまり会社が社有車として購入し、社員にあてがい、社員はそれを通勤にもプライベートにも使うというシステムである。カンパニーカーだからタイヤ代金も会社が払うので、わざわざ安いタイヤを買う必要はない。

しかし、デーブ・サンダース氏の場合は、工場作業者だからカンパニーカーをあてがわれる身分ではなく、当然タイヤ代も自腹という訳である。残念ながら僕らニホンタイヤはそういう人たちから買われる安物タイヤなのである。一般的には「安かろう悪かろう」という言葉で安物を表現するが、僕は日本で生まれた商品として、この言葉を覆さなければならない。つまり日本の商品は「安かろう良かろう」にならなければならないのだ。

イギリスの男といえば紳士というイメージを持っていた僕は、ご主人のデーブ・サンダース氏の言葉遣いの悪さには驚かされた。

デーブは友達のジョン・マステンが勤めているバーミンガム市のタイヤショップで僕を買った。ジョン・マステンはここでタイヤの脱着作業を行うタイヤマンである。

デーブは僕を買う時に「ファックン（くそ）ジャパニーズタイヤをくれ。ブラディー（あほ）ドンリップと交換したいんだ」と言った。それにしても悪い言葉を使うものだ。

ある日デーブはタイヤマン・ジョンを乗せてマンチェスターまで出かけた。

ジョンはいつものつなぎ姿と違って、この日はスポーティーな身なりをしているから、最初は誰かと思った。腹が出ているデーブと違って、なかなかスマートだ。

デーブとジョンが話しているのを車の下で聞いていたらイギリスの本質をかいま見たような気がした。

「おいジョン、そこを歩いている女はいい尻しているじゃねえか」

「よそ見してないでしっかり前をみろよ、危ないじゃないか、デーブ」

「運転は心配するな、大丈夫だよ。ところでよ、ジョン、この間俺の会社のファックン（くそ）ボスをちょっと俺の家に呼んで飲んでいたら、昼になって『ランチに行こう』と誘いやがった。俺たち庶民は昼飯のことはディナーって言うんだよ。ブレックファスト、ディナーで晩飯はティーだろ。だけどあいつはブレックファスト、ランチ、ディナーって言うんだよ。貴族の出でもないくせに気取りやがって」

そうデーブは息巻いていた。どうもデーブは彼の上司を嫌っているようだ。それなら家に呼ばなきゃいいのに、やっぱりサラリーマンの悲しい性か。

イギリスは伝統の国だそうだ。言葉には未だにクラス・ランゲージ（階級言葉）というのがあって、氏素性によって言葉が違うらしい。それにバーミンガムあたりにはブローミーと言われる独特のなまりがあって聞きにくいことおびただしい。道のアップ　アンド　ダウン（うねり）のことをオッポン　ドンと言うからさっぱりわからない。

まあ言葉のことは僕にはどうでもいいとして、イギリスの道路はほとんどの交差点がラウンダバウトと呼ばれるロータリー式になっているので僕たちタイヤにとっては難儀である。交差点を直進する場合でも、いちいち一旦回り込まなければならない。この時にはしっかり踏ん張らないと滑りそうになる。おまけに雨が多いと来ている。雨の日にラウンダバウトを回り込むにはかなりの力で路面をグリップしないと滑ってしまう。日本ではあまり求められない要求性能だ。

「ところでジョン、これは絶対にバーバラには内緒なんだが」

デーブは運転をしながらタイヤマン・ジョンと話を続けている。バーバラと言うのはデーブの女房だ。またジョンとも幼馴染のようである。僕はフォード・コルチナの下から興味深く聞いていた。

「あぁ、何だよ、デーブ」

「ジョン、その日よけを倒してみてくれ」

ジョンが目の前にある日よけを手前に倒して、何かがパラリと落ちた気配。

「おいデーブ、誰だ、このブロンドの女は？」

「俺の彼女さ。マンチェスターのデパートに勤めてるんだ。美人だろう」

と、デーブは自慢げに話している。

「バーバラの方が美人じゃないか。バーバラにばれたら大変だぞ」

「だから絶対に内緒だと言ってるだろ。日よけの裏はまずいから、前のダッシュボードに入れといてくれ」

僕がラウンダバウトに来る度に苦労して回り込んでいるというのに、二人は女の話ばっかりだ。


英国の長い冬も、復活祭あたりを境に急激に春めいて来る。デーブの住むバーミンガム市にも春が訪れた。

イギリスには二軒、三軒や場合によっては十軒ほどもある長屋式の家が実に多く、デーブとバーバラ夫妻の場合はセミ・ディタッチトと呼ばれる二軒長屋に住んでいる。

家の回りの枝だけになっていた木々も、今はすっかり緑の葉をつけ、人々の心は浮き浮きとはずんでくる頃だが、デーブの女房バーバラの気分は全く晴れないように僕には見えた。

デーブの運転でスーパーに買い出しに出かけた時のことである。バーバラが髪を整えようとした際に助手席の前上部にある日よけを倒して鏡を出したらしい。その時、化粧品を置こうとダッシュボードを開けて、写真を見つけたようだ。

「あんた、この写真は何よ」

「さあ、俺の知らない写真だな」

デーブはとぼけているが、動揺がハンドルを通して、タイヤの僕に伝わって来る。

「知らない女の写真が何でこんなところにあるの」

「ああ、そういえばこの間タイヤマンのジョンを乗せた時に、彼女の写真だ、と言って見せてくれたことがあった。その時にそこにしまって忘れたんだろう」

「あんた、そんないいかげんなことを言ってもだめよ」

バーバラの声がキリキリとしてきた。

「そんならジョンに聞いてみたらいいじゃないか」平静を装っているようだが、手の震えが僕にはわかる。

「聞くまでもないわ、ジョンが忘れるはずがない」

「何でそんなことがわかるんだ」

「だって私はジョンとは幼馴染だから、彼の几帳面な性格は良く知ってるのよ」

おっ、バーバラとジョンはそんなに仲がいいのかな、と、僕は思った。

「ふん、そうかい」

「あんたの女遊びは今回だけじゃないのよ、いいかげんにして」

二人の言い合いはしばらく続いた。このような痴話喧嘩がイギリスでは実に多く、挙句の果ての離婚もかなり高率のようだ。

その後もデーブとバーバラの夫婦喧嘩は絶えることはなく、季節が過ぎて行き、もうかなり末期的症状まで来ていた。それにしても言葉の暴力というか、バーバラの言葉もすさまじい。「ブラディー（ばか）、バスタード（あほ）、シット（くそ）、ファック（ＸＸＸ）」とおよそ淑女が使ってはならない言葉を連発するから驚きだ。


しかしデーブとマンチェスターの彼女との関係はその後も続いたままで約二年が経過し、女房のバーバラの怒りも頂点に達していた。

そんな折に、デーブはタイヤマンのジョンに呼ばれ、彼のタイヤショップを訪れた。

「ハロー、ジョン、久しぶりだな。今日は何の用だ？」

「あんたのタイヤを点検しようと思ってな。随分走ってるようだから、そろそろ替え時じゃないかな」

そう言うと、ジョンはゲージで素早く僕の溝深さを四本とも測定した。

「やっぱりリアタイヤ二本はかなり減ってるから取り替えなくては駄目だな。だけどフロント二本は溝がまだ残っている。あと五、六〇〇〇マイルくらいは走れそうだから全部取り換えるのはもったいないが、どうする？　二本だけ取り替えるか？　デーブ」

「そりゃもったいねえな。金もねえし二本にしてくれ。ところでスペアタイヤはどうなってるんだ？」

「スペアタイヤは最初についていたドンリップタイヤがあるから、これはこのままにしておいて、フロント二本をリアに回そう。そして同じジャパニーズタイヤの新品をフロントにつけよう。それでいいか？　デーブ」

「ああ、それがいいんなら、そうしてくれ」

ジョンはタイヤ交換のためにデーブの車をピットに入れてジャッキアップした。すると隣にフォード・グラナダが同じくジャッキアップされていて、見ればニホンタイヤが装着されていた。僕の仲間だ。デーブのフォード・コルチナより一回り大きな車だからタイヤも僕よりでかい。僕はそのタイヤに声をかけた。

「おい兄弟、しっかりやっているか？」

「ああ、やってるよ。俺は随分長くここに在庫になっていたが、やっと買ってもらったんだ。だけどフォード・グラナダは重たいからこれから大変だ。ところでそっちは何をしているんだ」

「うん、僕はリアが摩耗したから新品に取り替えられるところだ。新品二本をフロントに着けて、フロントの二本をリアに回すらしい」

「え、そんな着け方でいいのかなあ」

グラナダに装着された僕の兄弟分は、驚いたように言った。

「僕の主人のデーブは金がないから二本だけ買うそうだ」

「デーブというのはここのタイヤマンのジョンの友達だろう」

兄弟分は少し自慢げに言った。その間にジョンは僕を四本共外して、脇へ寝かせた。

「知っているのか？」

「一年半ぐらい前になるかなあ。俺がここの倉庫に在庫になっていた時に、そのデーブの女房らしいのがジョンに会いにきたぞ。たまたまその時は、スタッフが出払っていてジョンだけがいた。ジョンはその女をタイヤ倉庫に連れて来たんだ。タイヤ倉庫は暗いから密会にはいいかもしれないが、俺たちタイヤにはばればれだ」

ジョンは新品二本をリムに組んで、バランサーでバランス調整をしている。その後ろ姿を見ながら、僕は兄弟分に勢い込んで聞いた。

「デーブの女房らしいというのはバーバラか？」

「ああ、そうだそうだ、バーバラと言っていたな。あの時は珍しく暑い日だった。バーバラは倉庫に入って来て、ひんやりとした空気に触れて気持ち良さそうだったが『臭い、これ何の匂い』と言ったから良く覚えているんだ」

「そうか、僕たちは臭いか、悪かったな。それでどうなったんだ？」

僕は興味深々だった。

「デーブの車のダッシュボードに女の写真があって、それをバーバラが見つけたらしい。それだけではなくデーブの女関係が激しいので彼女は相当に怒っていた。それでジョンに何とかしてほしいと頼んでいたな。あの時は暑い日だったから、バーバラはかなり薄着で艶めかしい恰好をしていた。イギリスの女は束の間の夏の太陽をできるだけ浴びようと、極端に薄着になるらしいからな」

「どうもそのようだな、それでバーバラはどうした？」

僕が兄弟分にそう聞いた時に、ジョンはバランス修正が終った新品二本をフロントに装着し、今までフロントについていた二本をリアに回した。そしてリアについていた完全に摩耗している二本をリムから外してどこかへ持って行った。僕のかたわれには廃棄という運命が待っているのだろう。

兄弟分は僕の質問に答えた。

「バーバラがジョンに抱きついたんだよ。ジョンもまんざらでもなさそうだった。どうもジョンとバーバラはできているね。イギリスの男女関係は目茶苦茶だぞ、兄弟」

「ジョンは真面目そうに僕にはみえたけどな」

「そうでもないぞ、兄弟。ジョンはバーバラに『俺たちのことはデーブにばれていないだろうな』と、聞いたんだ。するとバーバラは『絶対大丈夫だから安心して、女は男より隠すのがうまいのよ。あらジョン、ここが固くなってきたみたいよ』と、ジョンの下腹部に手を添えながら『とにかくデーブを何とかして頂戴』と何度も言っていたんだ」

「それでジョンは何と答えたんだ？」

と、僕は増々関心を持った。

「ジョンは彼女とかなり激しく口づけをしてから『わかったバーバラ、何とかする、俺に任せてくれ。俺たちはしばらく会うのをやめよう』と言って別れたぞ、兄弟」

「そうか、そんなことがあったのか。ジョンが何か企んでいるということだな、情報ありがとう」

そう言って、僕はフォード・グラナダの兄弟分と別れた。


タイヤ交換が済んだデーブは、近くのスコットアームという町のパブに寄った。僕は駐車場で待っていたからわからないが、彼の運転の仕方から感じるところでは、ビールを二パイントぐらいは飲んだと思う。二パイントも飲めば少し酔ってしまうだろう。

デーブはほろ酔い気分でマンチェスターへ向かった。彼女に会いに行くのだろうが酔っ払い運転の上に、雨でも降ってきたらどうするつもりなのか。

彼は気持ちよくビートルズの歌を口ずさみながら快調に飛ばして、マンチェスターのデパートの前で待っていた彼女を拾った。

「ハイ、ラブリー・ジーナ、調子はどうだい？　今からレイク・ディストリクトへ行こう」

レイク・ディストリクトとは、マンチェスターから約七十マイルほど北にあり、その名の通り山々の中にいくつもの湖が点在し、水と緑が鮮やかな景勝地である。多くの羊の群にも出会う。

向かう途中、西の空に見えていた黒い雲が、いつの間にかデーブたちの上に来た。イギリスの雲の動きは速い。ポツリポツリと雨が落ちて来たと思ったら、五分も経たないうちに路面は濡れて来た。湖水地方へはまだ四十マイルほどある。

デーブは相変わらずほろ酔い気分でビートルズの歌を口ずさみながら、ワイパーをオンし、ウインカーを右に出した。イギリスは日本と同じ左側通行だから、彼は右折するためにラウンダバウトを一旦左に回り込み、そして一気に右に切り返した。僕は彼の意図を察知して路面を強くグリップした。するとフロントは溝が十分あるから難なくグリップできるが、リアは摩耗しているのでずるりと滑る。リアが滑るために、車はデーブが意図するよりも内側に入っていった。

ジーナが叫んだ。

「キャー、デーブ、危ないよ」

「大丈夫だよ」

そう言いながらデーブは体制を立て直そうとした。僕はそれに応えようと、思い切ってリアタイヤで路面をグリップし、一方フロントはやや緩めた。それで何とか持ちこたえてラウンダバウトを抜け出すことができた。

「ちょっと危なかったな。ファックン（くそ）・ジャパニーズタイヤはやっぱり駄目だな」

デーブはタイヤのせいにしているが、この着け方だとどんなタイヤでもこうなると思う。そう僕は言いたかったが伝わるはずはない。

「デーブ、怖いわ。パブにでも入って雨が止むまで少し待とうよ」

「大丈夫だよ、このまま行こう」

デーブはドライブを続けるつもりのようだった。

そのまましばらく走っていると、また大きなラウンダバウトに来た。雨は止んだようだが路面は濡れている。

彼はまた右折しようとラウンダバウトに進入すると、一旦ハンドルを左に切って、それから大きく右へ回した。やはり後輪がずるずる滑る。僕は必死にフロントとリアのグリップを調整したが、車はどうしてもラウンダバウトの中心に向かってしまう。

中心にはコンクリートで囲ったひな壇が見えた。ジーナが、「お願いデーブ、止めて」と叫んだが、もうコントロールが効かなくなり、彼もパニックになったようだ。

あぁ、駄目だ。

車はついにお尻を振り、そのお尻の重さで遠心力が加わりぐるぐる回り始めた。止まらない。

止めるにはひな壇のコンクリートにぶつかるしかない。ラウンダバウトの中にいた他の車が必死で逃げた。

そこへ対向車線側からトレーラーを連結した大型のトラックが突進して来た。トラックの運転手がスピンしているデーブの車を確認したようで急ブレーキをかける。

少しハンドルを切りながら急ブレーキをかけたので、止まりかけたトラックを、牽引されているトレーラーが追い越そうとした。ジャックナイフ現象である。コントロールを失ったトラックとトレーラーがジャックナイフのようにV字型になって、その巨大な質量がデーブのフォード・コルチナに激しくぶつかった。

フォード・コルチナは総重量三八トンのトラック・トレーラーに突き上げられるように一旦浮き上がり、そしてルーフを下にして地面に叩きつけられ、原型を留めないほど大破してしまった。僕は逆さになった車に装着されたまま天を仰ぎながらくるくるとまわっていた。

トラック・トレーラーはフォード・コルチナにぶつかったことで、エネルギーが吸収され、ようやく停止できた。

誰かが連絡をしてくれたのか、救急車とパトカーはすぐに来たが、デーブとジーナは血だらけの悲惨な状況で車から引きずり出された。救急隊員はデーブを診るとストレッチャーに乗せるのをあきらめ、ジーナだけを乗せて走り去った。

雨をもたらした雲はいつの間にか風に流され、もうすでに晴れ間さえのぞいていた。

事故車フォード・コルチナは僕をつけたまま大破した状態で、証拠現物としてランカシャー州警察の倉庫に保管され、事故原因が検討された。

デーブからアルコールが検出されたこと、また事故の直接原因ではないものの女房以外の女を乗せていたことはかなり警察の心証を悪くし、デーブの運転ミスで処理される公算が高まっていた。

ランカシャー州警察の担当刑事はひと通りの調査ステップとして、事故直前にタイヤを交換し、しかもデーブの友人ということで、ジョンからも事情聴取をした。

ジョンへの事情聴取は、事故車の保管されている倉庫で現物を見ながらの会話であった。だから僕には二人の会話の様子を観察できた。

倉庫の中はシンと静まり返っている。

「刑事さん、事故の原因は何ですか？」

ジョンはいきなり聞いた。

「運転していたデーブからアルコールが検出されたので、酒酔いによる運転ミスと推定されている。それと彼の女房以外の女性を乗せていたのは心証が悪いね」

「やっぱり酒を飲んでいましたか。彼はいつもそうでした。その女性は助かったのですか？」

「何とか一命は取りとめたようだ」

「それは良かった」

ジョンはそう言ってほっとした表情をした。

「その女性をあなたは知っていますか？」

「会ったことはありませんが、写真を見たことはあります」

「そうですか、ところで、ジョン」

刑事はタイヤの僕の方を見ながら、フロントが新品二本、リアが摩耗品二本の装着を確認してジョンに聞いた。

「フロントだけ新品がついているようだけど、こういう装着が一般的なの？」

「いや、通常は四本全部取り替えます」

「何故二本しか新品に交換しなかったんだ？」

「四本のうち二本はまだ溝が残っていたので、デーブが勿体ないと言って二本だけ取り替えました」

嘘だよ刑事さん、ジョンが二本だけ取り替えればいいと言ったんだ。そう僕は訴えたが、二人には伝わらない。

「確かにまだ溝が少し残っているね。二本だけ取り換える時はどのポジションにするのかね」

と聞きながら、刑事は煙草ロスマンズをポケットから取り出して一本をくわえ、もう一本の吸い口をパックから少し出してジョンに勧めた。ジョンが断ると、自分がくわえた方に火をつけてフーッとひと息吸った。

「前輪に新品を装着するのが一般的です」と、ジョンは答えた。

刑事はロスマンの煙を鼻からふき出しながら、

「ドンリップタイヤの技術部に問い合わせたところ、濡れた路面での性能が要求される場合は逆に、つまり摩耗品をフロントに、新品をリアにつけるのが常識だ、と言っていたが」

そうだ、ドンリップタイヤの言った通りだと思うよ。僕はラウンダバウトを旋回する時に、それをすごく感じた。

「刑事さん、そんな常識は聞いたことがありません」

「事故車の場合はどうだったの？」

「リアの完全にすり減ったものを取り外し、フロントの溝が残っているのをリアに移しました。そして新品二本をフロントに装着しました。これでデーブが了解しました」

「そうですか。ところで、今回の事故の原因はデーブの運転ミスと推測されているけど、あなたはどう思う？」

刑事はまたロスマンを深く吸って、口と鼻から吐き出しながら聞いた。

「その通りですが、それだけではないと思います」

「えっ、それはどういう意味だ？」

刑事は新しい情報かと勢い込んだ。僕もジョンが何を言いだすのか興味深々だ。

「デーブの希望で価格の安いジャパニーズタイヤをつけましたが、私はこのタイヤの性能の問題だと思います。ゴムが固いので特に濡れた路面での性能には問題があると思っていました。あの時はちょうど雨が降り出し、カーブでタイヤが滑ってデーブが車のコントロールをしきれなかったんだと推察します。ドンリップタイヤか他の欧州品を使っていれば事故は起きなかったのではないでしょうか」

「さすがあなたはタイヤマンだね、ジョン。ドンリップタイヤの技術部もそんなことを言っていたなあ。日本のタイヤメーカーのゴムは硬すぎると」

ジョンはしてやったりという顔をした。違う違う、ゴムの問題にしないでよと僕は言ったが、どうにもならない。

本件はデーブの飲酒運転によるミスが原因ではあるが、日本製タイヤの硬いゴムによる滑りやすさにも問題があったということで一旦決着しかかった。

東京オリンピックを境に経済的に急速に台頭してきた日本。そして逆に英国病といわれ凋落の一途をたどるイギリス。そんな苛立ちの時に日本品を安かろう、悪かろうというものに仕立てて溜飲を下げようとしたイギリス国内の雰囲気も、ジョンに味方をしたのかもしれない。

ニホンタイヤの性能の悪評は直ちにイギリス中に広まり、僕の仲間たちは乗用車用タイヤだけでなくトラック用タイヤも次々と返品された。全くの濡れ衣であり、大きく言えば日本品差別ではないか。

しかし僕はそう考えた自分自身を叱った。路面が濡れていようが、装着が逆であろうが、少々摩耗していようが、ドライバーが酔っぱらっていようが、タイヤはどんな条件におかれても人間と車を安全に運ばなければならない。それが本物のタイヤなのだ。できなかったのは、まだまだ自分が未熟と言わざるを得ない。

そう反省していた僕だが、担当刑事は、事故の原因にまだ疑問を持っていた。もう一度ジョンを呼んで、倉庫の中で事故車と僕を前にして尋問をした。

「もう一度聞くけど、フロントに新品、リアに摩耗品という装着で正しいんだね?」

「四本とも取り替えるのが一番いいんです。でも二本だけ取り替える場合は、これが正しい装着方法です。これをデーブが希望しました」

またあ。デーブが希望したのではなく、あんたが勧めたんじゃないかと、僕は空しい思いで言った。

「ドンリップタイヤの技術部によると、雨の多い我が国でどうしても二本だけ取り替える場合は、より摩耗しているのをフロントに装着するのが常識だそうだ。これは前に言ったよね?」

「刑事さん、私も前に言いました。そんな常識は聞いたことがありませんと」

「あなたはオーバーステアとかアンダーステアという言葉は知ってるかな? いや、これは失礼なことを聞いてしまった。あなたはプロのタイヤマンだから当然知ってるよね」

「そりゃあ知ってますよ」

と、ジョンは、バカにするなという顔をした。この刑事は何を言おうとしているのか?

「刑事さん、オーバーステアというのは、カーブでハンドルを切った時に、車がドライバーが意図するよりも内側に切れ込んでいくことです。アンダーステアとはその反対で、車が外にはみ出る形になることです」

「そうするとだな、ジョン。フロントに新品、リアに摩耗品を装着した時に、路面が濡れている時はどうなる？」

ジョンは刑事の質問の意図を理解したようだ。大破した車とそれに着いている僕を見つめて黙り込んでしまった。倉庫の中は相変わらず静まりかえっている。

「どうなるんだ、ジョン、知ってるだろう」

刑事の声が響いた。

ジョンは小さな声で答えた。

「知りません」

「それじゃ俺が教えてやろう。濡れた路面で前輪に新品、後輪に摩耗したタイヤを装着すると、新品よりも摩耗したタイヤは排水効果が低いから滑りやすくなり、極端なオーバーステアになりがちだ。結果として車は内へ内へと向かい、結局尻を振ってスピンしてしまう。そうなったらドライバーは逆側に、つまり外へハンドルを切って修正しなければならない。これを逆ハンドルというが、そんな芸当ができるのはレーサーとかテストドライバーくらいであり、一般人にはなすすべもない。これがドンリップタイヤの技術部の見解だ」

なるほど、そういうことだったのか、事故の原因は僕の性能不足のせいだと思っていたが、少しは救われた思いがした。

「刑事さん、それは知りませんでした」

「知らないとは言わせないぞ。お前が働いているタイヤショップの店長によれば、このことはタイヤ技術講習会で何度も聞いているはずとのことだが」

「……」

ジョンの顔がこわばってきた。雨が倉庫の屋根を叩き出した。

刑事はロスマンを取り出して火を点け、深く吸った。そしてジョンに向かってまた質問をした。

「もう一つ聞く。お前はデーブの女房のバーバラを知っているか？」

「知ってはいますが、会ったことはありません。あ、でもデーブの葬式で一度会いました」と、ジョンは小さな声で答えた。

「おかしいな、二、三年前にお前とバーバラが会っているところを見たという証言がいくつか寄せられているぞ。それに、お前はバーバラと幼馴染だそうじゃないか。え、どうなんだ、ジョン」

ジョンの身体がぶるぶる震え出したのを見て、刑事はジョンに煙草を奨めた。ジョンがロスマンを一本取ると、刑事はそれに火を差し出しながら諭すように言った。

「全部吐き出してすっきりしたらどうだ、ジョン」

ジョンは震える指で煙草を口に持っていった。

「バーバラからデーブを殺してくれと頼まれました」

「まだ嘘を言うのか？　バーバラによればデーブの浮気に困っていたので何とかしてほしいとは頼んだが、それ以上のことを依頼した覚えはないと言っていたぞ」

「それは嘘です、刑事さん」

「わかった、あとは法廷で対決するんだな」

こうして事件は決着した。しかし、それでニホンタイヤの悪評が覆ったわけではない。

全く売れない状況が続き、程なくニホンタイヤはイギリス、西ドイツを含む欧州からの全面撤退を決断した。

四　ルイ・ヴィトンの法則

十数年前、先輩タイヤたちは欧州上陸作戦第一陣として西ドイツやイギリスへ送り込まれた。そして性能不足で苦しみ、あえなく撤退となっている。私は暗いパリの地下駐車場の車の下で、その苦悩の歴史を振り返っていた。

ガードマンが番犬を連れて巡回に来た。番犬は図体が大きなシェパードで、匂いをかぎまわっている。私は噛みつかれそうに感じ、夢から現実の世界へ引き戻された。

幸い犬は噛みつきはしなかったが、私におしっこを振りかけた。

ガードマンと番犬が去ると、待っていたようにアフリカ系の男が一人近寄って来て、周りをうかがっている。本人の車を探しているのか？　駐車場は静まり返っている。

サンダル履きの黒い素足が私に近づいて来た。車泥棒だ。この車を盗むつもりかと思ったが、どうやらターゲットは隣のルノーのようである。助手席のサイドウインドウの上部に錐を突っ込み、少しこじ開けた。アラームがワンワンと鳴り出したが気にもせず、わずかな隙間から針金を差し込み、ドアロックをいとも簡単に解除した。大変だ、何とかしたいが何もできない。

男は車の中に入ると、カーオーディオを取り外し持ち去った。その間わずか二、三分。鮮やかなものだ。アフリカにでも売るのだろう。アラームは急を告げるというより、あたりまえに時を知らせるように鳴り続けている。誰も来ない。

泥棒にあったルノーのタイヤが私に話しかけた。

「ひでー奴がいるよなあ、パリには。ところでおい、お前は見慣れない奴だな。どこから来たんだ」

私はむやみに他のタイヤと話はしないが、この状況ならいいだろう。

「それがしは日本から来た。名前はサムライと言う」

「そうか、日本からか。ずいぶん遠くから来たんだな。名前も日本名か、誰も意味がわからないだろうけど」

「たいていのフランス人はサムライという言葉は知っているぞ。で、おぬしはどこから来たんだ」

「俺はフランスの工場で生産されたが、元々はアメリカのタイヤだ。グッドラックというブランドで名前は〈カウボーイ〉だ」

そういえば、こいつはアメリカのタイヤらしいセンスのないパターンをしている。暇つぶしに少しからかうか。

「グッドラックというブランドは知っている。アメリカのようにまっすぐな道をだらだらと走る分にはいいが、この欧州のようにカーブと山坂の多い道を高速で走るのには向いていないと聞いているぞ」

「おいサムライ、だまれ、会うそうそう俺をけなしやがって。お前のとこは戦争でアメリカにこてんぱんにやられたんだろう。こんなに遠いフランスまで出て来ないで、日本の中でじっとしていればいいんだよ。それにしても太平洋戦争では、お前の国はアメリカに見事にひっかかったな。日本が苛立って戦いを仕掛けざるを得ないような状況を作っていったのがアメリカの戦略だった。カウボーイの世界では相手に先に撃たせることが重要なんだ」と、カウボーイは負けずに反撃してきた。

暗い駐車場には駐車場所を探す車が行き来して、タイヤがキーという音を立てている。

「真珠湾攻撃の話か、痛いところを突かれたな。その話はしたくない。ところで、さっきの泥棒だが、かなり慣れた感じだった。パリにはああいった泥棒が多いと聞いていたが本当なんだな」

「まったくひでえもんだ。これで三度目だ。お前も気を付けろ、あ、でも気をつけようがないな、俺たちは」

カウボーイはうんざりしたように、パターンのブロックをゆがめた。

「おぬしの車のアラームは鳴りっぱなしだが誰も来ないな。警察はどうしているんだ？　カーボーイ」

私はわざとカーボーイと呼んだ。

「カウボーイだ、発音が悪いぞ。あ、でも俺たちは車についているからカーボーイとも言えないこともないなあ、しゃれのようだが。で、お前の質問だが、警察も警備員も肝腎の時に来ない。警備員なんか泥棒とつるんでいるんではないか。警察には被害届は出すし、警察側も調書は取るが形だけのようだ。盗まれたものが戻って来ることはまず無い。件数があまりにも多くて手が回らない。車泥棒だけではなく、こそ泥、置き引き、スリ、かつあげ等々パリにはいろいろあるからな」

「パリという街は外見は華やかだが裏は複雑で危険も一杯なんだな。その点、それがしの国元の日本は安全だ」

と、その時カウボーイの車の持ち主が来た。

「おっと俺のマスターが来た。マスターがキープしている駐車スペースはここだから、いつもここに駐車するんだ。お前の場合はどうなんだ？　サムライ」

「それがしの主人は決まった場所は持っていない。その都度空いているところに駐車している」

「じゃあ、今度はいつ会えるかわからないけど、そのうち会えるだろう」

カウボーイは残念そうにパターンの溝を狭めた。

「そうだな、それがしはめったによそのタイヤと話はしない。これはもしかしたら運命の出会いかもしれない、達者でな、カーボーイ」

「カウボーイだ。また会おうサムライ」

車の持ち主はドアを開けアラームを止めると、カーオーディオが盗まれていることに気付き

「メルドゥ！（ちくしょう）」と叫びながらエンジンをかけ、荒々しく発進して行った。

泥棒騒動から程なく、山田氏がオフィスから駐車場へ降りて来た。そこはいつもの静けさに戻っており、彼には隣の車で何があったのか知る由もない。

山田氏がタイヤの私に手をあてて声をかけた。

「おい、行くぞ。今日は東京本社から重要人物が来るからな。頑張るぞ」

駐車場を出るとクレベール通りから、またあのエトワール広場のロータリーに突っ込む。まわりには、私の敵である他社タイヤたちが、それぞれ石畳路面を必死でグリップしながら回転して、前へ前へと進んでいる。負けてはならない、私も前のめりに転がりながらロータリーを二七〇度旋回しグランダルメ大通りに抜け出た。

正面に林立するラ・デファンスの高層ビルを見て進み、ポルトマイヨーからパリ市をぐるりと回るペリフェリック環状線に進入した。サクレクール寺院を右手に、北へ向かう高速道路へ入り一気にエンジン回転が上がる。私もそれに合わせて必死に回転すると、遠心力で自分の直径が大きくなって、縦長の不格好なタイヤになる。程なくシャルル・ド・ゴール空港へ到着した。

空港駐車場で私はしばらく待っていた。すると横にあったアルファロメオのタイヤが話しかけてきた。今日は珍しく他社タイヤとの会話の機会が多い。

私は自分から話しかけることはしないが、相手が声をかけてきたら是非もない。

「君は日本のタイヤじゃないか？　僕はイタリーから来たピラリーと言うんだ」

確かにピラリーらしいスポーティーで挑戦的なパターンを持っている。サイドのデザインも力強い感じだ。

「それがしが日本のタイヤだとよくわかったな」

「一応勉強はしているんだよ」

「そうかおぬしがピラリーか、なかなかいい面をしているし、アルミホイールを使っているじゃないか。スポーティーな車に合っているね」

「ありがとう。ところで日本のタイヤは珍しいけど、君はどうしてここに居るんだい」ピラリーは興味深そうに、パターンの溝を開いた。

「我々はこのフランスに参入しようとしているのだ」

私は大きな声で答えた。この駐車場はさすがにパリの玄関口だけあって、周りは車の往来がひっきりなしでうるさい。

「そうか、だけどこのマーケットへの参入は簡単じゃないよ」

「それはどうしてだ？」

「だってな、フランスは自由、平等、博愛の国というが、実際にはかなり差別があるんだ。僕たちイタリーの車やタイヤはなかなか売れないんだよ。イタリア人は馬鹿にされているからね。

日本品もそうだろう。タイヤで売れるのは地元のフランソワタイヤばかり。ま、確かにフランソワは性能がいいから売れるのは当たり前かもしれないが」

ピラリーは、このマーケットの本質を突いているのかもしれない。

「それがしはフランスに来てそう長くはないからよくわからないが、確かにフランソワタイヤの評判はいいようだな。それは差別とは違う気がする。しかし、そう言われれば性能がいいと言われている日本車はめったに見かけない。想像以上にこのマーケットは排他的なのかもしれないな。おっとそれがしの主人が戻って来た。縁があったらまた会おう、ピラリー君」

山田氏は一人のでっぷりとした初老の男の人を伴って車に戻って来た。大きなスーツケースを転がしている。それをトランクに入れると、

「田宮常務、どうぞお乗り下さい」と言いながら、右後ろの扉を開けてその人を後部座席に乗せた。

山田氏は左前の運転席に乗るとエンジンをかけた。車体がスーッと持ち上がる。

「おおっ、これがシトロエンのハイドロ・ニューマチック・サスペンションか。なかなかいい車だな。シトロエンというのはこのサスペンションだけでなく、FF（フロントエンジン・フロントドライブ）でも先駆けなんだよな。ユニークな物を造るもんだ」

と、田宮常務は太い身体をリアシートに沈ませながら言った。

空港からパリに戻り、エトワール広場のロータリーに来ると、相変わらず大小の車がひしめ

き合って渦を作りながら、放射状に伸びた十二本の通りへ吐き出されている。

「石畳路面が多いが、やっぱりこの上では微妙な振動が起きるな。これを吸収しながら、しかも滑らないようにグリップして行くのには、かなり高度なタイヤ技術が必要だ」

と、田宮常務はつぶやいている。

「そうですね常務、この石畳での振動を吸収するために、シトロエンのサスペンションのようなユニークな技術やフランソワタイヤのように乗り心地と運動性能を高度にバランスさせたタイヤ技術が生まれたのかもしれません。石畳道路というのはローマ時代からのものだそうです。雨が降ると道路がぐちゃぐちゃになって馬車が走れないので、その対策として石を敷き詰めたそうですが、今ではそれが欧州らしい景観の一つとしてわざわざ残されているのです」

と、山田氏が説明している。私たちタイヤにとっては迷惑な道路だ。

「いずれにせよそういう道路なんだからそれに合うタイヤにしなくてはならない。それがこのマーケットで売るための最低限の条件だよ、山田君」

山田氏に対してか、タイヤの私にか、鼓舞するように太い声で田宮常務が言った。

そうだ、気に入らない路面であっても、それに対応して行くのがタイヤの使命だ。まわりのタイヤたちも必死に路面を摑んでいる。タイヤにとって迷惑な道路だなどと思った私は反省した。

「常務、そろそろホテルに到着します。レジダンス・サントノーレというホテルです。ホテル前の通りには有名ブランド店が並んでいますから、奥様やお嬢様へのお土産を買われるには便利だと思います」

「それはいいな。実は家内と娘からルイ・ビトンのバッグを頼まれているんだ。どうも日本では買えないものらしいな」

「ヴィトンはこの通りにはありませんから、明日にでも時間をとって店に行きましょう。とりあえずチェックインして、そのあと夕食に参りましょうか？」

「ビトンでなくてヴィトンか。そうだな、そうしよう」

「食事は何をご所望ですか？　フレンチ、イタリアン、中華、その他、パリにはいろいろあります」

「ファーストクラスの機内食をたっぷり食ったのであまり腹が減っていない。そうだ、パリにはラーメン屋があると聞いたが、そこに行こうか」

「えっパリに来られてラーメンですか？」

おいおい、山田さん、それは失言だぞ。どうも主人は実直で一本気なのはいいが、時々口を滑らせるのが玉に傷だ。常務さんがどう出るか……。

「わっはっは、君ははっきりものを言うんだなあ。パリに来たらラーメンを食ってはいかんという法はないだろう」

私の心配をよそに、常務さんは豪快に笑った。

「余計なことを言ってすみませんでした。チェックインしたらすぐに行きましょう」

ホテル地下の駐車場に着くと、二人はチェックインを済ませ二十分ほどで戻って来た。

「常務。ラーメン屋はオペラ座の近くにあります。参りましょう」

と、山田氏は言いながら発進した。そうするとあの道を通るのか、いやだなあ。

私が心配をしていると案の定、オペラ通りをオペラ座の方に向かいながら右斜めに走る細い薄暗い道に入った。

「常務、この通りはサンタン通りといいまして、娼婦が時々立っています。どういう訳かたいていが犬を連れています。だから犬のくそがありますから、歩く時は要注意です」

「それはそのままにしておくのかい？　けしからんな」

「早朝にくそ掃除専門のバイクが来て、吸い取って行きます。でも一日経てば元の木阿弥です」

「そうか、日本にはない光景だけど、華やかなパリのある一面か」

ラーメン屋の前に来た。これからパリ恒例の路上縦列駐車だ。少しスペースがあるが、とてもシトロエンCXが入る幅はない。でも山田氏はウインカーを出して止まった。入れるつもりらしい。バックしながらハンドルを切ってまず斜めにお尻を突っ込む。突っ込んだらハンドルを左一杯に切ってさらにゆっくりとさがり徐々に縦列に持っていく。リアバンパーが後ろの車をつつくが、構わずそのままじわっと後ろの車を押しさげる。そして今度は右一杯に切って前進し前の車を押す。また左一杯に切り少しバックして車を真っ直ぐに整え、ハンドルを戻して縦列駐車終了。だけどこの駐車方法は、据え切り、つまり止まったままハンドルを目一杯に切るので、私にとっては身体が捩じられたり、縁石に側面がこすられたりするためとてもつらい作業だ。

「すごいことをやるんだな、山田君」

「パリではこうしないと駐車ができませんのでバンパーはそのためにあるのです」

「そうかもしれん。確かにパンパーがへこんでいる車が多い。日本ではバンパーであっても、わずかでも傷をつけたら大騒ぎだけどな」

「行きましょう、常務。犬のくそには気を付けて下さい」

山田氏はそう言いながら田宮常務をラーメン屋へ連れて行った。

すると私の横に犬を連れた娼婦らしい女が立った。ああっ、最悪だ。また犬からおしっこをかけられた。どうもタイヤというものは犬のおしっこの被害にあいがちだ。


小一時間後、二人の話し声が近づいてきた。

「ああ、気をつけてはいたけど暗いから、くそを少し踏んでしまった。エイクソ、だ。まいったな」

「常務、エイクソはイギリスのくそです、アハハ。そのままで車に乗らないで下さい。その辺の雨水がたまっているところで靴底を洗って下さい」

「だじゃれか。わかってる。いちいちうるさい」

常務さんはぶつぶつ言いながら、水たまりに靴底を入れてぐりぐりと足を動かした。そして戻ってくると、

「日本のラーメンと同じだな、餃子も旨かったぞ。山田君見ただろう、店の中に日本の有名人のサインがたくさん壁に貼ってあったのを。その中に『ありがとう、ほっとしました』と書いたのがあった。やっぱり日本人は時々麺類が欲しくなるんだな。パリに来てラーメンはないでしょう、と君は言ったが、とんでもない間違いだ。ちょっとパリに住んだからといって気取っては駄目だぞ」

「申し訳ありませんでした。ホテルへ帰りましょう。明日は九時にお迎えに参りますが、予定はどうしましょうか。オフィスに来られますか?」

「折角のパリだからせめてベルサイユ宮殿には行ってみたいな。それと買い物もしたいが時間はあるかな」

「そうですね。せっかくのパリですから有名な建物を見て頂きましょう。今後の我が社の行くべき方向へのヒントが隠されているかもしれません。明日はヴェルサイユとルイ・ヴィトンに行って、そのあとオフィスで打ち合わせをしましょう」

その夜は常務をホテルへ送り届けて、山田氏のアパルトマンへ戻った。私は駐車場で明日の朝まで休憩となる。

隣のプジョーが今夜はすでに停まっている。住民にはそれぞれ決まった駐車スペースがあるので、両隣の車はいつも同じである。片側はプジョー、オーナーはフランス人でパリ市役所勤務の公務員らしい。もう片側はＢＭＷでオーナーはドイツ人だそうだ。こちらは出張かバカンスなのか、ここしばらく車がない。

早速プジョーに装着されているフランソワタイヤのエックスが私に話しかけてきた。時々やっているタイヤ同士の情報交換だ。

「サムライ君、今日はどうだった」

「まいったぞ。今日はサンタン通りに行った。犬のくそが多いんだよな、あの通りは」

「あそこは通称〈くその道〉というんだ。みんなが困っているよ。パリの恥の一つだね」

エックスは申し訳なさそうに言った。

「そうか有名なのか。ところでまだ聞いたことがなかったが、おぬしの名前のエックスというのはどういう意味だ？」

私は疑問に思っていたことを聞いた。

「よく聞いてくれた。僕の親元であるフランソワタイヤが、スチールラジアルタイヤというのを新しく開発したんだ。このタイヤの寿命が従来のタイヤよりはるかに伸びた。だからエックスキロメートル走るという意味でエックスと名付けた。それを日本人が切り刻んで、真似をして僕たちとそっくりな構造のタイヤを造ったんだ。それが君だよ。日本人は物真似が得意だからね」

　エックスは繊細なパターンの溝を広げて、喜々として答えた。

「いやな奴だな、このフランス野郎は。だが確かにおぬしの会社は世界で最初にスチールラジアルタイヤを造って世に送ったのだから、それがしは何も言えぬ。しかし、そのうちに性能で追い越して、おぬしらを痛い目にあわせるから見ていろ」

「君たちに僕らを追い越すことは絶対に無理だね。さっさと日本に帰った方が無難だと思うよ」

　エックスは私を諭すように言った。駐車場は静まりかえっている。

「何だと、なぜそう言えるのだ？　エックス」

「フランソワタイヤは技術の蓄積が半端じゃない。とにかく研究熱心というか、追及心がすごいんだよ。僕たちタイヤは、その広くて深い技術の上に乗っかってるだけだ。君たちがそれを知れば知る程その深さに驚かされ、対抗する気力も失うだろうよ。ま、おいおい教えてやるよ」

　と、得意げにたたみ掛ける。

「別に教えてもらいたくない。〈おごるフランソワは久しからず〉だ」

「それは何だ？」

「何でもない、独り言だ。もう話は終わり、寝るぞ」

　そうは言ったものの、もっと深い技術とはいったい何だろう。私は興味を持った。

翌朝、田宮常務をホテルでピックアップすると、二人はヴェルサイユ宮殿に向かったが、その前にコンコルド広場を一回りした。ここもやはり石畳路だが、エトワール広場ほど車がひしめき合ってはいない。しかしこの石畳は何だろう？　表面が真っ赤な血の色に光って見える。ぬるりと滑りそうで、私は緊張してグリップした。

「ここでルイ十六世が一七九三年一月に、マリー・アントワネットがその九カ月後に、公衆の面前でギロチンで首を落されたんですね」

山田氏がそう説明すると、常務さんは、

「むごいことをするよなあ」

と言った。そうか、それで表面が血の色に見えたんだ、と納得した。

「ところで山田君、マリー・アントワネットの最後の食事は何だったか知ってるかね」

「そんなこと知るわけないですよ、常務」

「最後だから豪華な食事だと思うだろうが、バミセリスープ（細いパスタの入ったスープ）だけだったんだ。実に質素じゃないか」

「詳しいですね常務は」

「実は、マリー・アントワネットに興味があってね」

そのマリー・アントワネットと密接に関係しているヴェルサイユ宮殿はパリからそう遠くない。三十分もあれば着くだろう。

片側四車線の道はびっしり混んでいたが流れは速く、すべての車が車間距離五メートル前後を保ちながら、時速八〇キロくらいのスピードで一斉に進んでいる。山田氏も必死で流れについているので、私もそれに応えようと強く踏み込んで前進した。

「ほう、こんなに混み合っているのに流れが速くてスムーズだな。日本だったら渋滞だよ。もたもたしている車がいないということだな」

「日本と比べると一般ドライバーの運転技術レベルが高いと思います。だからタイヤへの要求性能もきついのです。常務、もうヴェルサイユに着きました。停めることはできませんが、乗ったままでちょっと正面から見てみましょう。その後適当なレストランで昼食をとってから宮殿の中に入りますか」

この建物は素晴らしいバランスだ。全体が対称にできていて、良く見ると部分々々が非対称になっている。そう私が感心して見ていたら、

「山田君、これが本来の設計だよ。全体が寸分たがわず対称になっていて、部分では非対称を取り入れているんだ」

と、常務さんはだみ声で言った。私と同じことをこの方は感じているのだ。

常務さんは喜々として続けた。

「タイヤの設計もこうでなければならない。踏面部の模様はマクロでは対称でなければならない。しかしミクロで見れば、タイヤの内側と外側、車の前輪と後輪、運転席側と助手席側、道

路の中心側と路肩側、それぞれ役割というか、かかる応力が微妙に違う。それに合わせるためには部分非対称とならざるを得ないのではないか」

「なるほど面白いですね。ところで常務、このヴェルサイユ宮殿はバロック様式だそうです。建築デザインの歴史はロマネスク、ゴシック、ルネッサンスと移り、それからバロック、ロココ、クラシック、アール・ヌーヴォー、アール・デコと続いたんですね。それぞれの時代の要請や美的感覚の変遷に対応してきたんでしょう。恐らくタイヤも、これから車の進化、使用条件やユーザー嗜好の変化、環境課題に対応して、どんどん変わっていかなければならないのでしょう」

「なかなかわかったようなことを言うじゃないか、君は」

「すみません、常務。ところで昼飯はどうします？」

「昼飯はどうでもいいよ、君、早く中を見よう」

「わかりました。だいぶ並んでいるようですから時間がかかるかもしれませんが、とにかく行ってみましょう。駐車してきますから、常務はこの辺で待って頂けますか」

山田氏は近くの駐車場に車を入れた。私はここで二人を待つしかない。両隣の車のタイヤはやはりフランソワだが、話しかけては来ないし、私の方からも話はしない。

三時間ほどして二人は駐車場へ戻って来た。

「宮殿だけではなく、庭の設計も見事だね。権力があったからこんな大それた建築ができたんだな。でもこれが贅沢の象徴として民衆から敵視され、一七八九年のフランス革命に繋がった。つまりだ、王様と民衆とでは物の見方というか、尺度が違うんだな。でも皮肉なもので、これが今でもフランス観光の目玉として多くの観光客を集めて、お金を稼いでくれるんだよ」

常務さんは機嫌が良さそうで、車に乗ろうともせず大きなおなかをぷるぷるさせてしゃべっている。

「正しいか正しくないのかの判断は難しいし、歴史が審判するということですね、会社でも同じではないですか、常務。投資をする時には、やりすぎと批判されるくらいに思い切ってやった方が、結局は会社に利益をもたらすのではないでしょうか。中途半端はだめですよね」

山田氏はかなり大胆な意見を言った。

「君、それはやっぱりケースバイケースだろう。その都度、目的に応じて最適値を見つけなければならない」

「私が申し上げていますのは、最適値にも幅があって、その幅の中では、上を狙うべきだということです」

おいおい、一介の駐在員が、雲の上の存在のような会社の幹部に、こんなに忌憚ない意見を言っても許されるのだろうか。しっぺ返しが来なければ良いが、と私は二人のやり取りを聞きながら気を揉んだ。

「それは君の意見として聞いておこう。ところで山田君、マリー・アントワネットは政略結婚でオーストリアのハプスブルク家から十四歳でここに嫁いで来た。だけど夫のルイ十六世との夫婦の交わりは結婚以来七年間なかった。だから夜な夜なパリに出て遊んだのは、ある種のうさばらしだったと、私は思うね。それが大衆には贅沢と見えたんだな」

「でもマリー・アントワネットには子供がいましたよ。子供と一緒に描かれた絵もありますが」

「ルイ十六世は男性機能に問題があったようだ。それで今でいう不妊治療を受けて、その結果四人の子供を授かり、うち二人は早く死んだが二人は成長したらしい。生き残ったうちの一人がルイ十七世で、革命で捕らえられた父母と同じパリのタンプル塔に幽閉された。部屋には光も入らずトイレもなく、ひどい扱いだったそうだ。そして病気になり十歳で死んだ。革命革命と偉そうなことを言いながら、やったことは悪魔の所業だね。大義名分を錦の御旗のように振りかざして、暴行、虐殺をやる。これが人間だよ、山田君」

常務さんは車に乗ろうともせずにしゃべっていた。

「常務、そろそろパリへ戻らないとルイ・ヴィトンが閉店してしまいます。今日は昼食抜きとなってしまいますがよろしいですか?」

「ああ、それで良い」

私はまたパリへの帰路を踏みしめ、クレベール通りにあるルイ・ヴィトン本店前に着いた。

朝は日本人が入り口前に並んで開店を待っている異様な光景がある。日本人が何でパリに来て並んでまでルイ・ヴィトンを買わなければならないのか、私にはその気持ちがわからないし、恥ずかしい気持ちになる。だが今はもう黄昏時で、並んでいる者は誰もいない。

二人が店に入ってから程なく、常務さんは嬉しそうに荷物を抱えて戻って来た。

「良かったよ、山田君。家内と娘への責任が果たせた。しかし売れ筋商品は日本では売ってないのでここに来ないと買えない。その日本で買えないものを狙って日本人がわざわざここに買いに来る。マーケティング・テクニックだろうが、ずいぶんと殿様商売だな」

そういうことか。日本人はルイ・ヴィトンのマーケティング・テクニックに引っ掛かってる訳だと私は納得した。

「はい、それも人気があるからできるやり方なんでしょう。これ以外にもルイ・ヴィトンの法則といわれる独特のビジネス手法は結構我が社にも参考になる点があると思います」

二人は車に乗ろうともせずに話し始めた。

「ほう、例えばどんなことだ」

「相対品質ではなくて絶対品質だそうです。我々はフランソワタイヤに相対品質で追い付き、追い越すことを目標としています。今はその目標でいいと思いますが、やはり究極目標は他社ではなく顧客が求める品質、これが絶対品質だと思います」

「そうだなあ、我々は経済戦争の概念で、競合他社に勝つことに四苦八苦しているが、そうではない。いかに社会のためになるかという観点は大事なことだな。確かにルイ・ヴィトンの法則とは面白そうだ。他にその法則の面白い点はないかね」

常務さんは山田氏の説明に大いに興味を持ったようだ。

「そうですねぇ、常務、他に面白いと言えば、偽物に対する考え方ですね」

「ほう、それはどういうことだろう？」

「偽物、類似品への対応は特になく〈偽物は保証の対象とはしない〉ということだけのようです。つまりルイ・ヴィトンは偽物の見分け方は知っているけど、公表はしないで放ってあるのです。見分け方が口コミで伝わったりしていますが、ルイ・ヴィトンは知っていても関知しない。むしろ偽物が出回ることで本物の価値が上がると歓迎しているふしさえあります」

山田氏は心もち胸を反らせて説明している。

「なるほど、君はよく調べたな。我が社も偽物が出回るくらいにならなければならないなあ、山田君」

「はい、タイヤでいえばフランソワですね。トラックタイヤのリトレッド（タイヤが摩耗した後、踏面に新ゴムを貼り付けて再度使えるようにすること）ではフランソワのパターン（踏面の模様）が多く真似されています。我が社もそうならないといけないですね。それでは随分遅くなりましたが、昼食兼夕食をどこかで取りましょう。フレンチでいいですか？」

「ああ、何でもいいよ」

車はルイ・ヴィトンの店からそう遠くないトロカデロ広場へ向かった。

広場の真正面には、春にはまだ遠い冷たい黄昏に包まれたエッフェル塔がそびえている。広場は人だかりで、スケートボードをやっている子供も多い。エッフェル塔の周りのデザインも塔の存在を際立たせている。

「山田君、これが設計の真髄だよ。エッフェル塔とその周りのバランスが見事なものだ。我が社が見習わねばならない点だよな」

「そうですね、常務。東京タワーの周りのデザインとは相当な差がありますね」

「フランソワタイヤと我が社の差も同様ではないだろうか。製品そのものの差は縮められると思う。しかし、製品の周りを作り上げて、商品として世に出す時の差が問題だ。ベースとなる技術の蓄積とか創造力の差、イメージ、知名度、信頼性等々の差、商品として見た時にはとても大きな格差があるような気がする」

　常務さんは今後のニホンタイヤが目指すべき方向性を見つけたように、私は感じた。

　長い昼食兼夕食のあと、山田氏は常務さんをホテルへ送り届けるかと思いきや、思いついたように尋ねた。

「常務、せっかくパリへ来られたんですからもう一軒、パリらしいところはどうですか？　明日には発たれますから、今夜しか行けない場所です」

「ほう、どこに案内してくれるのかね」

「ムーラン・ルージュはどうでしょうか？」

「あ、そりゃパリらしい。アンリ・ロートレックの世界だな。行ってみよう」

山田氏は北へ向かった。北といってもパリ市内だからそう遠くはないが、十八区といって環境は良くないところだ。山田氏はムーラン・ルージュの前のクリシー大通りにスペースを見つけて、いつもの縦列駐車をすると、

「常務、十一時から二回目のショーが始まりますから急ぎましょう」

と、常務さんを急がせて車を降りた。

私はここでじっと待つ。

怪しげなキャバレー、バーや劇場が並び、客引きのお兄さんも、うろうろしている。日本人が通りかかるとどこで覚えたか、「ヘイ、スズキサン、タッタ二十フランダヨ」と呼びこんでいる。二十フランで済むはずがない。

二人が車に戻って来たのは一時過ぎだった。こんな時間でもまだ人通りは多い。

常務さんは腕時計を見ながら、

「おう、もうこんな時間か、でも良かった。規模が大きく豪華絢爛で迫力があったぞ、最後はやっぱりフレンチ・カンカンで締めるんだな」

と、にこにこして言った。

「常務に満足して頂いて嬉しいです。ホテルへ戻ります」

「いやあ、席も前から二列目だったからよけい迫力があったな。踊り子が目の前だったから、アンリ・ロートレックの世界を堪能できた。入口が長蛇の列だったが、君が並ばずにどんどん

前へ行くからどうするのかと思ったら、ボーイがあの席まで案内してくれたな」

「チップの効用ですよ。並んでたら大変だし、ろくな席には座れません」

山田さんは右手の親指と人差し指で丸を作った。

「そうか、いくら渡したんだ」

「一〇〇フランです」

「というと、二千五百円ぐらいか、うーん、それだけ渡せば最高の席に案内してくれる訳だ」

「金で釣るというのは嫌ですけど、やっぱりいざという時は金です」

「そうだなあ。ともかく今夜はありがとう、山田君」

常務さんがご機嫌なようで、私も嬉しく思った。


長い一日がようやく終わり、常務さんをホテルへ送り届けてから山田氏のアパルトマンへ戻った。

駐車場では右隣のプジョーはすでに居たが、左隣のＢＭＷのスペースは空いたままであった。待ってましたとばかりに、プジョーに装着されているフランソワタイヤのエックスが私に話しかけてきた。

「サムライ君、ずいぶん遅かったじゃないか。今日はどうだった？」

「おうエックス、今日は観光でヴェルサイユ宮殿に行き、そのあと買い物、そして夕食後ムーラン・ルージュと長い一日だった」

「そうかパリ観光の目玉コースだね」

「それがしの主人と、日本からの出張者がお互いに知識を披露してくれるから、それがしにとっても勉強になった。特にフランス革命とマリー・アントワネットのことが結構理解できたぞ。コンコルド広場のギロチン跡では路面が血の色に見えた」

私は思い出すのをちょっと躊躇した。

「そうか。あそこでルイ十六世もマリーもギロチンにかけられたからな。王はともかく、王妃まで斬首したのはやりすぎだったよ。革命とは正義なのか邪悪なのか、考えさせられる。いずれにせよ一般大衆は正義風を吹かせ大声でしゃべる一部の人間に踊らされやすいことは確かだね」

私は何故か、昔イギリスへ送られた先輩の無念の撤退を思い出した。あれは誰かが『日本品は安かろう悪かろう』と吹聴したのに、イギリス人が踊らされた結果だと聞いている。

「そうだな、エックス。躍らせるのも問題だが、煽られて踊らされた人間どもが数の力でいつも大きな間違いを起こすような気がする。それが民主主義とやらの欠点だな」

「数の力は両刃の剣、と言いたいんだろ、サムライ君」

「お主は何でそんな言葉を知っているのだ」

私はこのエックスの知識の豊富さにはほとほと感心した。

「この僕を誰だと思っているんだい、フランソワタイヤのエックスだよ」

エックスは駐車場のライトに、サイドのフランソワのマークを反射させてキラキラと光りながら言った。

「わかった、わかった。でも数の力が必ずしも正義ではないといっても、我々タイヤはできるだけ多くの人に認めてもらわねばならないのだ。ところで話は変わるが、日本からの出張者というのがそれがしを作ったニホンタイヤの常務取締役だが、なかなかの人物と見たぞ」

「どうして？」

エックスは身を乗り出さんばかりにして聞いた。

その時、シャッターの開く気配と共に車の進入音がすると、間もなくＢＭＷ七四〇が私の左隣のスペースに駐車した。バカンスから戻ったらしい。私はそのＢＭＷに着いているコンチネンタイヤに声をかけた。

「おう、久しぶりだな。見れば随分濡れているな。まだ雨が降っているのかな？」

コンチネントのパターンの溝に残った水が光って見える。

「ああ、降っているので、滑りそうで怖かったぜ」

「ところで、おぬしはどこへ行っていたんだ？」

「コート・ダジュールだよ。随分走ったんで疲れたぜ」

コンチネントは疲労困憊の様子で言った。

「そうか、ゆっくり休んでくれ。それがしはエックスと話をしていたところだったので、続けるぞ」

私は右隣に向き直って言った。

「さて、エックス、どこまで話をしてたかな？」

「おたくの会社の常務取締役がなかなかの人物だという話だったよ。だから僕はどうして？と聞いたんだ」

「そうだ、彼はトロカデロ広場からエッフェル塔を見て、東京タワーとその周りを比較していた」

「どう違うんだろう？」

エックスはまた身を乗り出さんばかりにした。

「塔だけでなく、周りも含めた全体設計が違うと言っていた」

「それはいいポイントだね」

「それがしが感心したのはその点ではなく、エッフェル塔と東京タワーの差を、お主フランソワタイヤと我がニホンタイヤの差に見立てていた点だ」

そう言って左隣を見ると、コンチネンタイヤはすっかり寝込んでいる。エックスはさらに質問を続けた。

「ほう、その視点は興味深いね。どういう差なんだろう、サムライ君」

「製品力の差は縮めることができる。だけど製品周り、例えばバックにある基礎技術力、創造力、イメージ、知名度、信頼性等の差を縮めるのは難しいかもしれない、と言うんだ」

「サムライ君、その通りだよ。製品力と商品力の違いをその常務さんは考えているんだね。やはり僕たちにはかなわないということだよ」

エックスは再びサイドのフランソワの表示とホイールキャップをキラリと光らせた。

「それがしも難しいとは思う。しかし追い付けない差ではない」

「追い付けないね。そもそも製品力だけでも、僕たちには追い付けないと思うよ」

「どうしてなんだ、エックス」

「おいおいわかってくるだろうよ。もうお休み、サムライ君」

「おぬしはもう寝るのか。うーん、またおぬしに宿題を突き付けられた感じだな」


翌朝、パリを発つ常務さんを、再びホテルに迎える。また冷たい雨がマロニエやプラタナスの並木を濡らしている。

ホテルの駐車場で山田氏はエンジンをかけながら常務さんに聞いた。

「常務、今から空港に行くのは早すぎますから一旦オフィスに来て頂くことでよろしいでしょうか」

「そうだな、一時間くらいなら大丈夫そうだな」

ホテルからシャンゼリゼ通りに出て凱旋門へ向かった。凱旋門のあるエトワール広場は相変わらず車がひしめき合っている。山田氏は左から来る車の鼻先へ強引に突っ込んで中心へ向かう。右側優先だから左側の車が慌てて止める。しかし右側からさらに強引な車が割り込んで来る。山田氏が急ブレーキをかけると、私は力を込めて路面をグリップする。だが濡れた石畳の上でずるりと滑った。おっとっと危ない、右側の車がすれすれで私の前を通り過ぎた。

「おい、山田君、ぎりぎりだったようだな。ここはドライバーにとってもタイヤにとっても過酷な場所だなあ」

「はい、こうして一旦ロータリーの中心部へ入らないと外へ押し出されてしまいますから。でも中へ入れば入ったで、出口に近づいたら今度は外へ外へとじわじわと出て行く作業が待っています。これもある程度強引にやらないと、この凱旋門周りをぐるぐると何度も旋回させられるはめになります」

「そうか、お手並み拝見といくか」

山田氏はロータリー内側で少し円旋回すると、クレベール通りの手前から外側へ出る作業に入った。私にはまた緊張を強いられる。右から来る車に注意をしながら、隙間を見つけて少しずつ外へ移動をする。急ブレーキがかかり、私は石畳を掴む。ようやく外側へ出ることができ、無事にクレベール通りへ進入した。

いつもいつもこのようにドライバーもタイヤも神経をすり減らすようではいけない。この濡れた石畳での走行には、ゴムのウェットグリップ性能を高めるというより、石畳路面自体をタイヤがべたっと包み込むようにならなければならないのではないか。フランソワタイヤはそうなっているから、ドライバーは比較的楽にあのロータリーを通り抜けているのではないだろうか？　山田氏がこのことに気付いてくれればいいが。と、そんなことを考えているうちにいつもの駐車場へ着いた。

二人はオフィスへ上がり、私はここでじっと待つ。左隣は珍しく日本車だが、タイヤはフランソワだ。こちらから話しかけはしないし、向こうもその気はなさそうで無言。警備員もあのシェパードも来ないまま、約一時間後に二人は戻って来た。

「さて常務、空港に向かいます」

山田氏は車をスタートし、私は再び全神経を路面に集中させる。

凱旋門のロータリーにさしかかったが、常務さんは車のひしめき合いを気にも留めずに、

「さあ、行きながら君のプレゼンテーションの続きを聞こう」

と、さも楽しげにだみ声を出し、車中で打ち合わせの続きを始めた。

「山田君、フランス進出の意義は単にここで新規ビジネスを開拓するだけではないんだよ」

「別の意義とは何でしょうか？　常務」

聞いていて私も面白い会話が始まりそうだと思ったが、グリップに集中しなければならない。石畳が濡れているから、山田氏も常務さんと会話をしながら、運転にも細心の注意を払わな

ければならないから大変だ。

「我が社は日本ではトップシェアを持っているが、まだまだ盤石とは言えない。このフランスではフランソワは他を圧倒している。フランスでのフランソワの商売のやり方を知って、日本での我が社の拡売、シェアアップ方策へフィードバックすることが第二の意義だよ」

常務さんは太い声で言った。

「なる程、そういうことですか」

「その意味で知りたいんだが、フランス市場の乗用車タイヤの場合、フランソワタイヤのマーケットシェアは五五パーセントと君は言ったな。フランス全体のタイヤ需要が五千億円、うち乗用車用タイヤで四千億円、そのうちの五五パーか」

常務さんは興味ある数字を出している。

「はい、そうです」

「日本での我が社のシェアは四八パーだ。何とか五〇以上に持って行きたいと思っているが、この七ポイントの差は何だろうか？」

常務さんは、山田氏が運転に集中しなければならないことは気にもかけない様子で、難しい質問をぶつけている。

「知名度は、フランスでのフランソワ、日本での当社、どちらもほぼ一〇〇パーですよね。でもイメージはどうでしょうか？　差があるかもしれません。おっと危ない、ぶつかりそうでした」

「うーん、そうだな。フランソワ程の信頼性の高いイメージが日本での当社にはないだろうな。挑戦的、独創的なイメージもあまりない。堅実な会社という印象はあるようだが。ところで販売チャネルはどうなっている?」

「フランスで乗用車用タイヤを販売しているチャネルは約五万店ですが、そのすべてがフランソワタイヤを扱っています。スーパーマーケットでも売っているのですよ。ああ、やっと抜けられました」

と、山田氏が言った通り、ようやくグランダルメ大通りの直線路へ出た。あとは流れに乗って行けば良い。

「君は知っているだろうが日本は当社系、他社系と販売チャネルは別れている。フランスはそうではないということか。それならばフランソワタイヤ以外はどこで売っているんだ」常務さんは大きな声でたたみかけた。

「それぞれのブランド系列店はあります。ただ、どの系列店もフランソワだけは扱っているのです。逆に言えばフランソワを売らないと商売として成り立たないようです。従ってすべてが複数ブランドを扱うマルチブランド形式となっています」

雨に煙るサクレクール寺院を右に見ながら、環状線を離れて高速道路に出た。常務さんは景色に目もくれず、話を続けていた。

「そうするとここで君はどうやって売っていこうとしているんだ」

「当面は第二、第三のブランドとして我が社を取り扱ってくれる店をこつこつと探すしかありません。しかしニホンタイヤというブランド知名度はないし、フランス車への新車装着もない。当社が新車装着されている日本車のマーケットシェアはわずか三パーしかない。そんな状況の当社を扱ってくれるショップを探すのは大変困難な作業であり時間がかかります」

「あんまり時間をかけたくないな」

二人の議論が伯仲している間に、シャルル・ド・ゴール空港に近づいて来た。

「販売チャネル開拓にはある程度時間は必要です。また金もかかります。それは承知の上で、我が社は当市場に参入することを決めたのではないでしょうか。あ、常務、空港に着きました」

「そうか、時間切れだな。時間も金もある程度はかかるのは覚悟しているが、それ以上に頭を使ってくれ。それからフランソワタイヤは確かに強いし死角が無いように見えるかもしれない。だがどこかに必ず弱点があるはずだ。それを見つけなさい。それが君への期待だ」

常務さんの声がずしりと響いた。

「はい、わかりました。ところで常務、まだご出発迄には時間が充分あります。チェックイン・カウンターがオープンするのは出発の二時間前ですから早すぎます。どうされますか？」

「そうか、それじゃあ車の中でもう少し話をするか。当社の歴史を辿れば、このフランス市場に辿り着くまでには大変苦労をしたんだ。君も知っているだろう」

空港駐車場の床が少し揺れたように感じると、一拍遅れて遠くで飛行機の離陸するエンジンの唸り音が聞こえた。

「はい、第一次欧州上陸作戦に失敗して、再挑戦するのにかなり回り道をしたと聞いています」

「そうだあの時は西ドイツの超高速走行でのハイドロ・プレーニング（水上滑走）の問題と、英国でのウエット路面での滑りによる死亡事故で我が社のタイヤの悪評が広まった。英国での事故は新品と摩耗品の混用時の装着ミスだった可能性があるが、西ドイツでのハイプレ問題は明らかに我が社の性能不足だった。性能改良をして販売を続けるかどうか迷うところだったが、社長は即刻撤退を決断された。わしはあの時の役員会には本部長として末席にいたが、社長の苦渋の決断の心情が伝わってきて胸が痛んだ。だがあれは正しかったと思う。あそこでずるずると販売を続けていたら、我が社は決定的なダメージを受けていたに違いない。社長は欧州上陸を一旦棚上げにされて北アフリカに目をつけられた。北アフリカの特にリビアやアルジェリアはフランソワタイヤの独占的な市場であり、そこで徹底的に技術を磨く。そしてフランソワに対抗できるレベルになったら、もう一度欧州に挑戦するという、回り道戦略であった」

常務さんは一気に語った。

先輩タイヤが北アフリカで苦闘したのは伝説となっており、私も知っている。あの時の北アフリカ進攻作戦に駆り出されたのは、確か山田氏ではなかったかな？　と私が思っていると、

「常務、実は北アフリカのサハラ砂漠用タイヤ開発の任務で技術サービスとして活動したのは

この私だったのです」

「おう、そうか、君だったのか」

「はい、もう七年前になります。私は北アフリカを見る直前は、ベイルート駐在員として担当市場のシリアのクレームタイヤの検品に行ってました」

「シリアのクレーム検品とはどんな様子なんだ、山田君」

「はい、かいつまんでお話しします」

五　ユーフラテスの綿花

山田氏は常務さんにシリアでの仕事の様子を語り始めた。私はそれを車の下で聞いていた。

「私は一九七五年三月に、ベイルートオフィスのナギーブが運転する社有車のベンツ一九〇で、ベカー高原を超えてシリアの首都ダマスカスに入りました。そこから北へ進路をとり、シリアでダマスカスに次ぐ大都市であるアレッポを目指したのです。途中ホムス、ハマーという町を経由しますが、いずれも町を一歩出れば実に寂寥とした土漠地帯です。土漠の中に一本の真っ直ぐな国道が延々と伸びています。道路に時々アップダウンがあり、これだけが単調な景観にわずかな変化を持たせているのです」

「運転手は眠くなるだろうなあ」

常務さんがうんざりしたようにつぶやいた。

「日本人はすぐ眠くなりますが、彼らはそうでもないようです。ナギーブはケントを喫《す》いながらリラックスして運転していました。でも舗装された国道とはいえ、補修がきちんとできていませんから、ところどころにアスファルトの破れがありますので注意を怠ることはできません」

そこで常務さんがドアを開け、

「山田君、車の中は窮屈だ。外に出て話をしよう」と、車の外に出て大きく背伸びをした。腹が風船のように膨らんだ。山田氏も外に出て同じ動作をした。

「そんなに寒くはないな。晴れていればいい季節だろう。ところでダマスカスからアレッポまでは何キロぐらいあるのかね？」

「はい、四〇〇キロメートル強です」

「すると東京から名古屋よりももっと遠いな、京都まではいかないか。シリアはやっぱりほとんどイスラム教徒なんだろうなあ」

すぐそばにある灰皿を求めてスモーカーが煙草を吸いに来た。大きなスーツケースを転がしたカップルが、空港ロビーへ急いでいる。

「はい、ほとんどがイスラム教徒です。そこが私の住んでいたレバノンとは違う点です」

スモーカーも通行人も気にすることなく、二人は話を続けている。熱心だなと私は感心した。

「え、レバノンはイスラム教ではないのか？」

「はい、レバノンはクリスチャンとムスリムが共存しているし、ムスリムの中の宗派もスンニ派とシーア派が混在しています。だけどこのシリアはほとんどがムスリムのスンニ派なんです」

「なるほど、同じ中近東の国でも中身はそれぞれずいぶん違うんだなあ」常務さんは顔を上下に動かしてうなずいた。

「そうですね、同じムスリムでも隣のイラクはシーア派だし、サウジアラビアはスンニ派です」

と、山田氏が時計を見ながら答える。

「あ、まだ時間はありますね、常務」

「シーア派とスンニ派とはどう違うんだ？」

と、常務さんがさらに質問した。私は山田氏のアパルトマン駐車場での、フランソワタイヤ・エックスが次々と疑問点に突っ込んでくる姿を思い出した。

「シーア派のカリフ、つまり教祖はムハンマドの子孫でなければならない。だけどスンニ派はそれにこだわらず最適な人が選ばれることになっているそうです。それぐらいしかわかりません」

「宗教や宗派というのはややこしくて、我々日本人には到底理解できないよ。キリスト教、ユダヤ教、イスラム教等の宗教間の対立のみならず、同一宗教での宗派間の微妙な考え方の違いによる対立軸を作って緊張感を持たせている。そしてその緊張感による圧力が高まって、いつか破裂し抗争となる。これを長い年月繰り返しているのが、中近東の歴史だよなあ、山田君」

常務さんは出っ張った腹を両手で撫でながら言った。

近くにある灰皿には、入れ替わり立ち替わり、常に誰かが煙草を吸いに来ている。灰皿は吸い殻の山で、灰が時々こぼれ落ちる。

「はい、常務。このシリアという国は今はとりあえずアサド大統領（注：二〇一八年三月現在の大統領はこの息子）による恐怖政治で国民を押さえつけていますが、いずれは何らかの形で紛争が起きるような気がします。シリアのみならずレバノンやイラクも同様じゃないですかね」

と山田氏は独り言のようにつぶやいた。

「アレッポに到着して古い大きな街を通り抜けましたら、公園のようなところに使用済みタイヤの山がありました」

「廃棄タイヤか？」

「いえ、全部ニホンタイヤのクレーム品です」

「えっ、クレーム品！　我が社のタイヤの品質に問題があるということか？」

常務さんは太く大きな声を出した。

「いえ、品質問題ということではありません。ニホンタイヤのエンジニアが来ることは事前に関係者に知らせてあるそうで、何らかの補償を期待してシリア中の故障タイヤが集められて山積みにされているんです」

シャルル・ド・ゴール空港の駐車場で、二人は夢中で話をしている。

私は車の下で、これは我々タイヤ仲間たちにも語り継がれている話だ、と感慨深く聞いていた。シリアでは多くのタイヤ仲間が、使用上の問題で生命を全うできずに死んでいったらしい。

「へぇー、何本くらいあったんだ？」

「三千本ぐらいです」

「三千本もか。それが全部クレームタイヤか？」

「はい、そうです、常務。ほとんどがトラック用タイヤですが、中には小さい乗用車用タイヤもありました。大多数が使用上の問題で、製造上の問題はほとんどありません。彼らはあわよくば補償金を貰おうと、なんでもかんでも持ち込んでくるのです。それを一本一本検品して帳票に判定を記載しなければならないので大変です」

「どうしてそういうシステムになるんだ？」

やっと掃除の人が来た。どこの人だろうか？　きれいな女の人だ。煙草の吸殻を袋に入れて、灰皿をきれいにしてくれた。

「シリアはタイヤの輸入を年一回の公団入札で決めます。そして落札したブランドのタイヤを輸入して全国に配布するのです。入札ですから価格が決め手になりますが、公団は価格だけではなく品質やサービスも考慮していることを国民に知らしめなければならないのです。従ってメーカーのエンジニアを呼んでクレーム検品会を実施します」

「そうか、役所らしいやり方だな」

「そうです、だから公団の役人が立ち会うのです。一本毎に検品しますが、ほとんどは使用上の問題ですからクレームとしては受けられません。だから私の判定は『クレーム却下』が続きます。メーカーからの補償が全く得られないと役人のメンツはまるつぶれです。立ち合いの役人はアブドナンという頬に傷のある男でしたが、その男から『待った』がかかるのです。『却下ばかりでは困る、たまにはバックシーシをよこせ』と脅しが入ります。バックシーシとは〈ほどこし〉の意味です。つまりたまには商策的に補償をしろということです。『そんなことはできない』と私は突っ張りながら、まあ、役人のメンツも考慮してたまには補償をする訳です。そんなやりとりをしながら使用済みタイヤの山がなくなって平らな公園に戻るまで丸四日かかりました」

「そうか、我々にはわからない社会主義国家の実態だなあ」

常務さんがあらためて納得したようにうなずいている時に、スモーカーが来て、せっかくきれいになった灰皿をまた汚している。

「そうなんです、常務、シリア、正式にはシリアアラブ共和国はハーフィズ・アサド大統領を頂点とした社会主義国家であり、言い換えれば役人天国です。タイヤだけでなくあらゆる物資、例えばたまごも国家入札によって購入されます。入札といっても、価格だけではなくエンドユーザーの評判はブランド決定の重要な要素になっているようです。さっきも申し上げた通り、この故障タイヤ検品はブランド別に年二、三回実施され、貿易省役人が、〈アフターサービスもきちっとやっているよ〉という姿勢を国民に示すための重要なイベントでもあるのです」

山田氏は熱っぽく話を続けた。

「アレッポでの仕事が終了した翌日、ほほきず男の実家であるデリゾールへ向かいました。アブドナン氏が打ち上げの意味で我々を招待したのです。我々はアブドナン氏の車のあとについてアレッポからさらに北へ少し行ったところで、東へ方向を変えユーフラテス川に出ました。するとそれまでの土漠だけの景色ががらりと変わり、国道と川の間には白い花が一面に咲き誇っていて息をのむような景観でした。綿花畑です。やっぱり水があるということはすごいことですね」

山田氏の説明に常務さんは、

「チグリス、ユーフラテスのメソポタミア文明やナイル文明もそうだけど、やっぱり川の存在が農業にも物の運搬にも恵みをもたらしたんだよなあ」と、うなずきながら言った。

「そうですね常務、アブドナン氏の実家はそのユーフラテス川沿いのイラクとの国境に近いデリゾールという村にありました。そこでアラブ料理をご馳走になりました」

「アラブ料理とはどんなものだ？」

「メインは米の中に羊の肉、野菜が入った混ぜご飯のようなものでした。日本のジャポニカ米と違うインディカ米といって米つぶが長いのですが結構旨かったです。それを右手で摑んで食べます。左手はお尻を拭く手なので食事には使いません」

「そうかやっぱり手で拭くのか」

常務さんは顔をしかめた。

「はい、水を使って尻を拭きます。だからどこのトイレも紙はないし床がびちょびちょです。私は気持ちが悪くて、用足しする気にならず我慢しましたので身体の具合が悪くなりました」

「ホテルのトイレはどうなの？」

「ちゃんとしたホテルには紙があるしきれいです。でも現地人が利用するようなホテルはトイレが汚くて駄目です」

「そうかあ、中近東への出張は大変だな」

二人は夢中で話し込んでいるけど、時間は大丈夫かな、と私は不安になってきていた。

「中近東内をドサ周りする時は、トイレが汚いし臭いので入るのに勇気がいります。息を止めて入ります。話が長くなりましたが、そんな経緯でシリアでの仕事を終えてベイルートへ戻りました。そうしたらその翌日の夜、忘れもしません、一九七五年四月一日からレバノン内戦が始まったのです。私はベイルートでホテル住まいだったのですが、外でマシンガンがバリバリバリバリと鳴り、ロケット砲がドンドンとまるで花火大会のようでした。できるだけ窓から離れて一晩中寝ずに過ごしました」

「そうか、その時にレバノン内戦は始まったのか。あれからかれこれ十年近く経つが、まだあの内戦は続いているんじゃないかな。困ったものだよ」

「まだ終戦の見込みはたっていないようです。あいつらの戦争は宗教がらみですから終わりがありません。本当にしつこいのです。ところで常務、もうチェックイン・カウンターは開いていると思いますが、行かれますか？」

やっと気が付いてくれた。

「ファーストクラスだから一時間前に行けば充分だろう。もう少し話を聞かせてくれ」

常務さんは相変わらず熱心だ。

「それではレバノン内戦以降の出来事をかいつまんでお話しします。ベイルートの街には銃声が鳴り響き続け、二、三日間はオフィスにも行けずホテルに待機していました。その後銃声も聞こえなくなったので、オフィスの先輩と一緒に夕方の街に出てみたのです。そしたら普段のように人は出ているし街は賑やかさを取り戻していました。中東のパリと言われたベイルートを彷彿とさせるように、飲み屋のネオンもきらきらと輝き始めていました」

「先輩とは誰だ？」

「加藤さんです」

「ああ彼か、知ってるぞ。そうすると君たちは飲みに行ったんだな」

「そうなんです、レバノンは飲めますから。先輩と私はネオンに誘われるように一軒のショットバーに入りました。カウンターだけの小さなバーで、客は五、六人、カウンターの中には店のオーナーと思われる男とバーテンがいました。入って一時間ほどした頃でしょうか、突然ドアを蹴って、覆面の二人連れがマシンガンを腰だめにしてバーに入って来たのです」

「えっ、それでどうなったんだ」

常務さんだけでなく、私もびっくりして、思わず周りを見回した。

「覆面男は我々を含む客たちをカウンターの隅に立たせました。そして間髪を入れずマシンガンをぶっ放したのです。ガガガッというマシンガンの音とガラスの砕ける音がしました。私はもうだめだと目をつぶりました。彼らは撃ったあとすぐに出て行きました。私はそっと目を開けて、どうやら生きていると感じました。カウンターの中を覗くと、二人の男が倒れていて、身体にはボトルの砕けたガラス片が張り付いて、一人の男の頭は半分くらい吹っ飛んでざくろのようになっていました」

「君たちは怪我はなかったのか」

常務さんは少し前のめりになって、山田氏の顔を覗き込んだ。

「はい、カウンターの中の二人がターゲットだったらしく、覆面組が客を端に寄せて、二人だけを狙って撃ったので助かりました」

「そうだったのか」

「翌日の新聞でわかったのですが、覆面の二人組はムスリムのコマンドで、バーの二人はクリスチャンのコマンドのメンバーだったそうです。だから目標は明確だったのです。もしバーの二人が反撃して打ち合いになっていたら一巻の終りでした」

「それでどうなったんだ」

「あ、すみません、前置きが長くなりましたが、この戦いはクリスチャン対ムスリムの主導権争いによる内戦だったのです。ベイルートの駐在員全員に国外脱出するようにとの指示が東京本社よりあり、駐在員はそれぞれの担当地へ逃げ、私はエジプトのカイロへ落ち延びました。それからカイロをベースとしてアルジェリア、リビアを中心に北アフリカを担当することになったのです」

「そうか、一九七五年と言えば、第一次オイルショックの直後で、サウジアラビア、クウェート、アラブ首長国連邦、イラン等と共にアルジェリアとかリビアも産油国として脚光を浴びていたな。確かに社内でもベイルート・オフィスをどうするかで議論になっていた覚えがある。あの時は私の担当外の地域だったから対岸の火事のように見ていたが」

常務さんはそう言いながらふんふんとうなずいた。

「先程も申し上げましたが、レバノンはクリスチャンとモスレムが共存していて、さらに同じムスリムでもシーア派とスンニ派がいて、そこにイスラエルやらシリアが絡んでとても複雑な状況でした。だから内戦は長引くとの判断で、我が社のベイルート・オフィスは閉じることになったのです」

なるほどそうだったのか……それでベイルートには誰もいなくなったんだ。だが私の先輩タイヤたちは現地代理店に引き取られ、レバノン内戦の戦火の中を、対立する両陣営の車の足としてそれなりに活躍し続けた訳だ。私は山田氏の話を聞いて感慨に浸っていた。

「それでオフィスをカイロ、アンマンとドバイに分散したんだな」

「はいそうです。私はカイロを拠点としてサハラ砂漠専用タイヤの開発に現地であたることになったのです。おっと、常務、もうチェックインしなければなりません」

横を四、五人の家族らしいのが、スーツケースを転がしながら、出発ロビーへ向かって行った。山田氏はその背中を目で追いながら言った。

「そうか、もう時間か。最後に一つだけ君の意見を聞きたい。シリアのクレームタイヤ検品から得た今後の課題は何だ?」

この常務さんの仕事熱心さにはエックスも脱帽だろう。

「はい常務、シリアのユーザーにタイヤを適正に使用してもらうための訓練をして回る必要があります。何故ならば、多くのタイヤがまともに使われず、故障してしまっているのです。この使用条件に耐えるタイヤにするためには、かなりの補強をしなければならないのでコストが上がると思います。しかしタイヤは公団入札で購入されるので価格が重要ですからコストを上げる訳には行きません。だからちゃんと使ってもらうためのユーザー訓練キャラバンが実施課題です」

「シリアの課題はよくわかった。ところで北アフリカの件は時間切れで聞けなかったが、わしが帰国したあと事業部長の吉田を寄越すから、彼に詳細を報告してほしい。我々はフランソワタイヤのことをもっとよく知らなければならない。そのためには北アフリカの情報が重要だ」

そう言い残して常務さんはパリを去った。

六　サハラ砂漠

常務さんがパリを去った日の夜、山田氏のアパルトマンの駐車場で私は隣のフランソワタイヤのエックスが話しかけるのを、眠いからと断って、北アフリカの先輩タイヤの伝説を振り返った。

一九七〇年代前半、欧州への挑戦の第一陣があえなく撤退したことで、技術不足を痛感したニホンタイヤは、捲土重来を期して一旦攻めの方向を北アフリカに転じた。サハラ砂漠とその市場を席巻するフランスのフランソワタイヤに対抗して技術を磨くという作戦に出たのである。

北アフリカに位置するリビアでのニホンタイヤ輸入代理店はエル・メゲルビ社といってベンガジに本社を置いていた。本社といっても、タイヤ販売店とその裏にタイヤを在庫するための倉庫からなる、極めて実務的な形態であった。

ニホンタイヤ産の砂漠用特別仕様タイヤであったガマルは、エル・メゲルビ社の社長であるヌエジ氏の車レンジクルーザーに装着されていた。ガマルという名前はアラビア語でラクダという意味だそうで、砂漠用のタイヤに相応しい名前だ。

ヌエジ氏は毎朝、車を店の前に停めると、店の中からアイワのラジカセとタイヤに使われるチューブの入った段ボール箱を取り出して、入り口の横に置く。そして段ボール箱にでっぷりとした身体をどっかと乗せ、ラジオのスイッチを入れニュースを聞きながら、前の広い通りを走る車や人々を鋭い目で見つめる。ガマルはレンジクルーザーの下から、ヌエジ氏の動静をじっと見守っていた。

店の前の通りは舗装されてはいるが、南に延々と広がるサハラ砂漠から吹き寄せてくる砂で、アスファルトが常に覆い隠されている。

周りは車のパーツや電気製品の店が多いので、車で来る人が多く、歩行者は少ないし、歩いている人がいたとしてもほとんどが男である。女の人は滅多に通らないが、稀に通ってもアバーヤと呼ばれる布で顔も体も隠しているので、表情やスタイルはわからない。

ヌエジ氏は手にタスビーフという数珠を持ち、何かぶつぶつお祈りの言葉を唱えて珠を一つずつ動かしている。ガマルが暇にまかせて珠がいくつあるのか数えてみたら三十三個あった。

アイワのラジカセは日本品で高品質であるのみならず、その名前がアラビア語で〈はい〉という意味を持つことも相まってリビアでは人気があるようだ。

ラジオの番組はほとんどがニュースかコーランのお祈りだが、カダフィー大佐の演説もしばしば流れてくる。ヌエジ氏は聞きながら、「ガダフィー　ムッシュクワイエス」（カダフィーは良くない）とつぶやいた。秘密警察が多いらしいので聞かれたら大変なことになる。

時々歌も流れる。『ヘロワヤバラディー（美しい国）』という歌は何年か前にアラブ中で大

ヒットしたそうだが、

♪ケルマ　ヘロワ　ケルメテーン　ヘロワヤバラディー♪　と聞こえてくると、タイヤのガマルも郷愁を感じ、故郷の日本を思い出した。

店の入り口は常時開けてあるので、ガマルは中を見ることができる。中には机が一つあり、ヌエジ氏の長男であり、店長のファラージ氏が座っている。その奥に倉庫がありタイヤがラックに高く積んである。エル・メゲルビ社はニホンタイヤの代理店だから、倉庫の中はすべてガマルの仲間たちである。

時々、客がタイヤを買いに来るが、ヌエジ氏もファラージ氏も愛想もくそもなく知らんぷりで、勝手に見て買いたかったら買え、という態度である。客が「どこのタイヤだ」と聞くと「ヤバーニ（日本品だ）」とだけ答える。

一九七四年のオイルショックで原油の値段が跳ね上がり、それからまだ二年、産油国であるリビアは好景気で、黙っていても物が売れていくようだ。

ヌエジ氏には子供が十一人いるらしいが、そのうち五人の女の子は全く顔を見せない。店長のファラージ氏を除く五人の男の子は、時々店に顔を出して手伝ったりタイヤで遊んだりする。

ヌエジ氏が立ち上がって段ボール箱とラジオカセットを店の中にしまった。出かけるらしい。レンジクルーザーのエンジンをかけ、南へ向かった。十分程走り町はずれにある運送屋を訪れた。門の中へ入るとオフィスがあり、その奥にワークショップがある。広大な駐車場だが、二六二四とマークされたベンツの大型トラックが三台停まっているだけだ。二六二四の意味は総重量二六トン、エンジンが二四〇馬力という意味らしい。三軸でフロント二本、リア八本で計十本のタイヤが装着されている。

他のトラックは出払っているのだろう。ワークショップの端にタイヤが数本置いてあり、ヌエジ氏はその前に車を停めた。

見ればそれはニホンタイヤであり、ベンツトラック用に生産された大型のサハラ砂漠専用のタイヤである。十本あるが全部故障しているらしい。ガマルはそのタイヤに声をかけた。

「おい、兄弟、どうしたんだ、故障しているようだが大丈夫か？」

「おう、お前はガマルか。俺たちはこのリビアで人気のある砂漠用のベンツ大型トラック用に開発された大型の砂漠専用タイヤだ。だがまだテストの段階で、この運送屋に投入されたんだ。あ、ここのカリファ社長が来たぞ」

カリファ社長らしき人は、ヌエジ氏のところへ来ると、我々の兄弟であるテストタイヤを指差して何やら怒鳴っている。

「おい兄弟、カリファ社長とやらは何を怒っているんだ」

「俺たちタイヤがサハラの中で故障して、トラックが動けなくなったのを怒っているんだ。救助隊を出してくれて助かったんだ」

「そんなことがあったのか、大変だったな。俺はまだサハラの奥へは入ったことがないが、どんな状況なんだ？　兄弟」

ガマルは憐れみを込めた口調で言ったが、内心はサハラ砂漠の状況が聞けることにワクワクしていた。

「ガマル、お前も知っていると思うが、リビアは砂漠の国で、石油や天然ガスを採掘する基地はサハラ砂漠のど真ん中にある。しかし、そこへ行くための道はなく、人や物資はトラックで、道なき道を前に走ったトラックのわだちをひたすら追いかけて走るんだ。砂漠の中には硬い砂、柔らかい砂、サラサラの砂や石や岩だらけのところもあり変化に富んでいる上に、気候がまた厳しい。気温は夏には摂氏六〇度にもなり、また昼と夜の温度差も激しい。そういう厳しい条件に耐えられるタイヤはフランスのフランソワタイヤの〈サブル〉だけだ。フランソワ以外のアメリカや欧州のタイヤは全滅して、このサハラ砂漠はフランソワタイヤの独占市場となっている。そんなところに俺たちテストタイヤは送り込まれた訳だ。勿論サハラに入るトラックはベンツだけではなく、フィアットとかケンワース等があるが、ベンツが圧倒的に強い。だから俺たちはこのベンツトラックに使えるようなタイヤにならなければならないのだ」

兄弟の説明に、ガマルはサハラ砂漠の怖さをあらためて感じ、身震いした。

「さすがにメルセデス・ベンツだなあ。ところでサブルとはどういう意味だい？」

「フランス語で砂という意味だよ」

「ああそうか、砂の上を走るんだからな。それにしてもあんたたちは随分と傷を受けているなあ。みんな同じ故障なのか？」

「ビード（タイヤとホイールが結合する部分）周りがやられてしまって、空気が抜けた。側面も傷を受けた。俺たちは一台分十本のテストタイヤだが、皆同じ故障でやられている。もう俺たちは使い物にならないから、サハラの中に棄てられる運命だ」

よく見れば、確かにビードまわりが無残に割れている。おまけに傷口に砂がべったり入り込んで痛々しい。

「フランソワタイヤのサブルには、そういう故障はないのか？」

「サブルにも同じ故障があるようだが、致命傷にならないで最後までもつようだな」

「そうなのか、悔しいな。あ、ヌエジ氏とカリファ社長との話が終ったようだ。俺はもう行かなければならない、さよなら兄弟」

ヌエジ氏はレンジクルーザーのエンジンをかけ店に戻った。ガマルは生命を全うせず故障して棄てられた兄弟たちに何もしてやれず、辛い気持ちで砂に覆われたアスファルトを踏んだ。

翌日、ヌエジ氏とガマルはベンガジ空港へ向かった。

ベンガジ空港は粗末な建物だが一応国際空港である。タイヤのガマルが駐車場でしばらく待っていると、ヌエジ氏と一緒に日本人らしき人が大きなスーツケースを持って車に乗ってきた。ホテル迄の道のりで彼が片言のアラビア語でヌエジ氏に自己紹介をしたところによると、彼の名前は山田晴信、ニホンタイヤ東京本社の技術サービス部から派遣されてきたエンジニアで、歳は二十八歳らしい。レバノンの内戦でベイルートから避難して、現在はカイロをベースにこのリビアを含む北アフリカを担当しているそうだ。頑張ってフランソワタイヤを越えるサハラ用タイヤを作ってほしい。

山田さんをリビアパレスホテルへ送って、この日は別れた。

翌朝、ヌエジ氏とガマルは、山田さんをホテルでピックアップしてヌエジ氏のタイヤショップへ来た。車はいつもの通り店の前に停められ、中で打ち合わせが始まった。ガマルは中の様子をじっと見る。

隣のフィアットパーツの販売店のオーナーであるアーメド氏は英語ができるので、その通訳を介して二人は会話をしていた。

「いったいあなたは何をしにリビアに来たんだ?」

「今回の目的は事前に連絡しました通り、現在開発中のテストタイヤを調査することです。サハラ砂漠用の新商品のうち、目玉となるベンツ大型トラック用のタイヤはまだテストの段階であり、東京の中央研究所は結果を待っています。テストタイヤが石油資材の運送業者に投入されて走行中との情報を貰っています。このタイヤの調査をしたいので運送業者へ案内して頂きたい」

ガマルは山田さんがあの兄弟たちを見に行くためにベンガジへ来たことを知り、心が躍った。だがヌエジ氏の返事は、「だめだ」とあっさりしたものである。

「なぜだめですか?」

「忙しい」

「タイヤの商売に忙しいのは結構なことです。その邪魔はしたくないので、ユーザーの住所を教えて貰えれば自分でタクシーで行きます」山田さんが身をのりだしている。

「勝手に行ってもらっては困る」

「評価しなければ上市ができません。それではあなたもリビア国民も困るでしょう」

「フランスのフランソワタイヤがあるから困らない」

ヌエジ氏はとりつくしまもない様子だ。

「その考え方には同意できません。一社独占のマーケットでは価格は独善的になります。また、一社供給では、例えばメーカーの工場が何らかの事情で生産できなくなったら、たちまち困るのはマーケットとユーザーです。特にリビアの場合は石油資材の運搬に支障を来たし、国家的な損失になることもあります。だから我々はこのタイヤの開発を急いでいるのです」

山田さんは必死で説得をしている。タイヤのガマルにもわかるもっともな理屈である。

「そんな屁理屈は俺には関係ない。俺はただ商売を拡大したいだけだ。ニホンタイヤはこのタイヤの評価を日本やその他の場所で充分にやったのか?」

「確かに中央研究所でのラボテストはしっかりやっています。また砂上テストは鳥取という所にある砂丘でもやりました。しかしサハラ砂漠とは砂質が全く違うことがわかったのです。ですから、このリビアで評価して、問題ないという結果が出ないと上市はできないのです」

「だめだ。打ち合わせはもう終わりだ」

あの兄弟たちの故障を早く見てもらって、改良をしないと上市なんかできないぞ。何故ヌエジ氏は見せようとしないんだ？　とガマルは苛立った。

ヌエジ氏は立ち上がり、再び段ボール箱に座り込んでしまった。そして思い出したように、

「おい山田、このカートンボックスはムシュクワイエス（良くない）だな。前のよりも弱くなって崩れやすくなっている。ニホンタイヤの幹部はチェックしていないのか」

「勘弁して下さいよ。東京本社の幹部がカートンボックスの強度チェックなんかしませんよ。ヌエジさんが重すぎるんじゃないですか。アーメドさん、どう説明すればいいですか？」

山田さんは途方にくれた。

「カートンボックスのスペック変更履歴を確認してあとで答えます」

と、アーメド氏はヌエジ氏に説明した。すると、

「必ず報告しろ」

とヌエジ氏は山田さんに言った。山田さんは、

「わかりました。で、テストタイヤの調査は？」

「だめだ」

「アーメドさん、何とかして下さい、お願いします。このテストタイヤを調査しないと、私は東京本社に怒られます」

「今日は機嫌が悪いのかもしれません。明日、もういちど打ち合わせをしましょうか?」

「機嫌が悪いと仕事ができないでは困りますが仕方ないですね。今日はあきらめます。その代わりトラックのたまり場に連れて行って下さい」

「何をするんですか?」

「トラックに装着されているタイヤの状態を見たいのです。空気圧の実態も調査したいと思います」

ヌエジ氏はこの依頼は受けて、早速トラックのたまり場へ向かった。アーメド氏も同行した。ベンガジの郊外の大きな広場には、これから向かうのか、あるいは長い旅から帰還して来たのか、多くのベンツ大型トラックが並んでおり、その向こうには広大なサハラ砂漠が広がっている。一通り見て回ると、ほぼ全部のトラックがフランソワタイヤのサブルを装着している。

山田さんが聞くともなくつぶやいた。

「これは……全部フランソワタイヤだ。何故?」

「フランスのフランソワタイヤは技術部隊をサハラ砂漠に送り込んで特別な構造のタイヤを開発しました。この構造によって酷暑の砂漠を走行するための耐久性が従来のタイヤよりも格段に向上し、しかも砂の上に浮揚するためのフローテーション性能も優れており、あっという間に北アフリカ、中央アフリカのサハラ砂漠市場を席巻したんです」

ヌエジ氏の説明をアーメド氏がそう英語に通訳した。実にわかりやすい訳だ。

「フランソワタイヤの開発努力の結果が先駆者利益としてまざまざと現れているんですね。フランソワを超えるタイヤを開発できるのは、世界中でニホンタイヤしかありません。頑張ります」

山田さんは力強く言いながら、手持ちの道具箱の中から空気圧ゲージを取り出し、タイヤ一本一本の空気圧を測り出した。広々としたトラックのたまり場に一人黙々と空気圧を測り続ける山田さんの後姿には、新たな闘志がみなぎっているようにガマルには見えた。

山田さんはそのデータを見ながら、

「多くは規定空気圧近くに設定されていますが、中には二バール、三バールといった極端に低空気圧のものも結構あります。どういうことでしょうか？」

と、ヌエジ氏に質問をした。ヌエジ氏は、

「サハラの中には極端にソフトな砂の地域がある。そこでは空気圧を下げないとタイヤが潜ってしまい動けなくなる。その地域を脱出したら、空気圧を元に戻すのだが、そのまま走り続けるドライバーも多い。これがタイヤにとっては大変厳しい条件となる」

ここでガマルはピンと来た。カリファ社長の運送会社に送り込まれた我々の仲間のテストタイヤが故障で苦しんでいたのと関係があるのではないか。早く山田さんに見てほしいが、ヌエジ氏は案内したくないようだ。何故だ、山田さんがカリファ社長に怒られるのを見たくないのか？

サハラ砂漠に夕陽が沈んで来た。はるか彼方まで砂のうねりが続いており、その砂が薄茶色から薄紅色に染まり始めた。ヌエジ氏が「ヤンラ（行くぞ）」と言っている。山田さんが道具をしまい帰り仕度をする頃には、砂は真っ赤に染まり、大きな太陽はうねりのステージからゆっくりと姿を落として行った。

ホテルへ帰る途中で山田さんは電報局へ寄りたいと言った。日本へ電報を打ったらしい。

翌日もヌエジ氏は山田さんをテストユーザーへは案内してくれなかった。暑いなかで山田さんはヌエジ氏の子供たちと遊んだり、時々レンジクルーザーに着いているガマルのところへ来て、ガマルの頭を撫でながら、

「おいガマルよ、どうしたらテストタイヤのあるユーザーへ連れて行ってくれるかなあ。東京からは早く調査をやれ、とせかされているんだ」

なんて泣きごとを言ったりしたが、タイヤのガマルには何もできない。

ヌエジ氏には奥さんが多分四人と子供が十一人いる。夫人たちと女の子はまず姿を見せないが男の子たちはいつも店に来てタイヤを転がしたりして遊んでいる。下から二番目の五歳

の男の子はムスタファといって睫毛が長く目がくりっとしている。山田さんはもっぱらこのムスタファをかわいがって、三輪車にのせたり、肩車したりして遊んだ。他の男の子たちも遊びたくて寄ってくる。ヌエジ氏は相変わらず段ボール箱に座って、数珠を動かしながらラジオのニュースを聴いている。山田さんが、

「今日もダメか。持久戦だなあ……」

とつぶやいた時、電報の配達員が来た。ヌエジ氏がそれを受け取り、だまって山田さんに渡した。彼はそれを読んだ。

「カートンボックスハニガツヨリサイドヲニマイカライチマイニヘンコウシタジュウガツヨリニマイニモドスヌエジシニセツメイコウニホンタイヤカイガイブ」

山田さんはすぐに隣のフィアットパーツショップに行って通訳のアーメド氏を呼んできた。

「アーメドさん、ヌエジさんに説明して下さい。東京から段ボール箱の件で返事が来ました。確かに今年二月からサイド部を二枚から一枚に変更して弱くなっているようです。それを十月の船積み分から元に戻すとのことです」

アーメド氏がそれをヌエジ氏に説明した。すると、

「やっぱりコストダウンをしていたか、でもこれで安心だ。最近のは弱くて、港に着いた時にゆがんだり破けたりして、段ボールの中のチューブやフラップが、港の資材置き場に飛び散っていたんだ」

とヌエジ氏は言った。それでヌエジ氏はいつも段ボール箱に座って強度をチェックしていたのだ。ヌエジ氏はガマルたちタイヤの仲間であるチューブやフラップを救ってくれた。

「山田さん、ヌエジさんがテストタイヤを見に行くと言ってます。段ボール箱の件をちゃんと答えたからでしょう。早く調査の道具を準備して下さい。私も一緒に行きます」

と、アーメド氏が言って、レンジクルーザーに乗り込んで来た。

「えっ、ほんとですか、信じられない。いつでも行けます」

と、山田さんは小踊りしながら言った。そして車のそばに来て、ガマルに、

「おい、やっとお前の兄弟を見れるぞ」

と言いながら、アーメド氏に聞いた。

「アーメドさん、あなたの店は大丈夫ですか?」

「今日は店を任せられる使用人がいますので心配いりません」

「あなたには、通訳以上に気をつかって頂いて感謝しています」

「アハランワサハラン(どういたしまして、アラーの神のおぼしめしです)」


カリファ運送会社の大きな駐車場に行くと、故障した兄弟たちは十本ともまだ棄てられずに置いてあった。カリファ社長は山田氏にまくしたてた。

「お前はニホンタイヤのエンジニアか。こんなタイヤは使いものにならない。タイヤが故障し

てトラックが動けなくなった場所が比較的ベンガジに近いところだったから救出は難しくなかったが、サハラのど真ん中だったら大変なことになっていたぞ」

「そうか……だからヌエジさんは私を連れて来たくなかったんですね。私が怒られるのを見たくなかったんだ」

　山田さんはそう言って、

「そのタイヤをチェックしてもいいですか？」

とカリファ社長に聞いた。

「勝手にしろ。言っとくがニホンタイヤは絶対に買わないし二度とテストもしないぞ」

とカリファ社長は息巻いた。

　山田さんは無造作に棄てられているガマルの仲間のでかタイヤを点検し始めた。ガマルはすぐそばから、その様子を見ていた。カリファ社長とヌエジ氏、アーメド氏はワークショップの中で話し込んでいる。

　砂漠仕様のメルセデス大型トラック用のタイヤはでかくて重い。八〇キロほどある。

　山田さんがこれを起こそうとした時に、カリファ社長から指示されて一人の作業者が手伝いに来た。

　山田さんは作業者と一緒にタイヤを立てたりひっくり返したり、傷口に詰まっている砂を吹きとばしたりしながら、一本一本隅々まで点検した。真昼の太陽が急激に空気を熱し、気温はもう五〇℃にはなっているだろう。山田さんの額から汗がしたたり落ちている。

タイヤ点検でわかったことは、十本のテストタイヤすべてに、溝がまだ充分残っているにもかかわらず、ビードまわり（タイヤとホイールがフィットする部分）に亀裂が入っていたことだった。また、側面部にも傷があり、傷が開いてタイヤの中まで貫通しているのもある。

「これは大変だ……」

と、山田さんがつぶやいた。

フランソワタイヤの使用済み品も何本かあり、これにもやはりビードまわりに亀裂が入っていた。ただ、フランソワタイヤの場合は、ほとんど溝は残っておらず使い切り感がある。

山田さんはすぐにカリファ社長とヌエジ氏、アーメド氏を呼んで、タイヤを見ながら質問した。

「ビードのまわりのダメージがあるようですが、トラックが走行不能になった理由はこれですか？」

「そうだ、そこからエアが抜けた」と、カリファ社長は仏頂面で答えた。

「フランソワタイヤにも同じダメージが見られますが」

「同じような故障だけど、ニホンタイヤとフランソワは全く違うぞ」

「どう違いますか？」

「フランソワタイヤは、ビードまわりに亀裂が入っても最後まで問題なく走れる。なぜなら亀裂が成長しない。ニホンタイヤは亀裂が入ったら、すぐにそれが成長して大きく割れてしまう」

その時、暑い風に運ばれて来たサハラ砂漠の微細な砂が、舞いながら山田さんたちやタイヤたちを包んだ。それが山田さんの目の中に入ったらしい。手でこすったために真っ赤になった目で、山田さんはカリファ社長を見つめて聞いた。

「側面部の傷はどうですか?」

「サハラの中を走行するためにはタイヤの空気圧を下げて、それによって砂の上に乗って走るんだ。場合によっては、空気圧をゼロ近くまで下げる。サハラの中には時々石ころだらけのところもある。そこに入ると、空気圧を下げたために、出っ張った側面部が石によって傷を受ける。昔のタイヤは、この傷がすぐに開いてしまってパンクしてしまった。フランソワタイヤも側面部に傷は受けるが、この傷が開かないから走れるのだ」

そう言いながら、カリファ社長は山田さんの目を見て、

「そこの水で目を洗った方がいいぞ」

と、山田さんを手洗い場へ連れて行った。しばらくして二人が戻って来たが、山田さんの目はまだ赤い。非常に細かい砂だから、目の奥に入り込んだら簡単にはとれそうにない。

山田さんは質問の続きを始めた。

「空気圧を下げたあと、再び硬い砂の場所に出た時に、空気圧を元に戻しますか?」

「原則は戻すことになっているが、たいていのドライバーはいちいち戻さない。そのあとまた

ソフトサンドに入る時に、またエアを抜かなければならないので面倒だからだ」

カリファ社長の説明は前にヌエジ氏から聞いていた通りだった。

カリファ社長の説明で、山田さんは今後やるべきことのヒントを得たようである。

三人はカリファ運送会社を去って、ヌエジ氏の店に戻る途中でドナーケバブの遅い昼食を取った。ドナーケバブとはラム肉のバーベキューをナイフでそぎ落としてこま切れにして、野菜類とともにパンにはさみ、唐辛子をふりかけたものだ。ラム肉のいちばん上にトマトがひとまわり乗せてあり、この汁が焼けている肉にしたたり落ちている。

でも山田さんは食事中もずっと考え込んでいた。

ヌエジ氏の店に戻ると、山田さんは調査結果を説明した。

「結論として、問題点は二つに絞れると思います。一つはビードまわりです。低空気圧によるストレスの集中が原因と思われるしわが発生し、それがやがて深い亀裂に成長しています。二つ目は、タイヤ側面の傷です。カリファ社長が言われた通り、砂の中にある石によって受けた傷と思われます。それがやはり低空気圧による大きな屈曲の繰り返しで、成長し割れに至るようです。どちらの問題も、低空気圧による大ストレスに耐えられるようにするのが改良のポイントだと思います。この耐久力の点で、フランスのフランソワタイヤは我々のタイヤより数段優れているようです。この結論を東京の本社と中央研究所に報告したいと思います」

するとヌエジ氏は、

「そんなことが今頃わかったのか」

と大きな声で怒鳴った。

山田さんは、ベンガジから電報で報告してもらちが明かないので、テレックスか電話で日本へ報告するために一旦ローマへ出た。そして三日後にまたベンガジへ戻って来た。

山田さんがヌエジ氏の店へタクシーで到着すると、子供たちが待ってましたとばかりに彼のまわりに集合する。彼はムスタファを抱き上げ、となりのアーメド氏の店へ行って、到着したことを告げた。ヌエジ氏は相変わらず無愛想で段ボール箱に腰かけて外をじっと見つめている。

山田さんがヌエジ氏に、

「サラームアリコン（アラーのご加護を）」とムスリムでもないのに挨拶をすると、ヌエジ氏は、「アリコンサラーム」と返した。

アーメド氏を入れて打ち合わせが始まり、ガマルはいつものようにレンジクルーザーの下で、店の外からその様子をじっと見つめた。

アーメド氏が、

「リビアへの入国手続きは相変わらずでしたか？」と聞くと、山田さんは、思い出すのもいやという顔をした。

「やっぱりリビアへの入国は大変です。入国カードはアラビア語版しかないので、リビア航空のスチュワードにパスポートを渡して書いてもらいました。パスポートコントロールは無事通過したのですが、荷物検査で全部開けさせられて、スーツケースの中をぐじゃぐじゃにされてとても不愉快でした。宣伝用として持っていたボールペンを一つくれ、と言われたのですが渡しませんでした。こんな奴らにあげたくないですから。そうしたら怒ってまた荷物を一つ一つ着替え用のパンツまでチェックしていました」

「そうですか。大変でしたね」

とアーメド氏がねぎらいながら、

「ローマからの東京への報告はうまくいきましたか？」

と早速本題に入った。

「はい、東京側の見解は、〈カリファ運送会社での結果はわかった。だがそれがリビア全体の姿を表しているのかどうかが疑問だ。もしかしたらカリファ社の使用条件が特殊なのかもしれない。だからもっと広範囲に調査せよ〉ということでした。もっともな見解ではあります」

「東京本社の人は厳しいですね」とアーメド氏は気の毒そうに山田さんを見て「で、どうしたいんですか」と、聞いた。

「ベンツトラック用タイヤの使用済タイヤを広範囲に調査したいので、カリファ以外の運送業者や使用済みタイヤが棄ててある場所に連れて行って下さい」

山田さんの意向をアーメド氏がヌエジ氏に伝えると、

「カリファ以外ではアリ・トランスポートが近くにある。そこなら行ける。しかし使用済みタイヤが棄ててあるような特定の場所はない。全部砂漠に棄ててくる」

とヌエジ氏はぶっきらぼうに答えた。

「それではまずアリ・トランスポートに行って、そのあとに砂漠に連れて行って下さい」

「特定の場所はない、と言っているのだ。どこに棄ててあるかわからない」

「でも、どこかにはあるのでしょう？　探しに行きたいのですが」

するとと普段はもの静かなアーメド氏が、

「山田さん、あなたはサハラ砂漠を何だと思っていますか？　本来は人の入れない危険な場所です。だから『ネバーネバーランド』と言うのです」

彼自身の意見を、珍しく声を荒げて言った。

「でも、昔は駱駝で、今はトラックで入っているのではないですか」

山田さんも必死だ。

「それは石油基地が砂漠の中にあるから入って行かざるを得ないのだ。だから細心の注意をはらって入るのだ。それでも砂嵐がおきれば大変なことになる。そんな危険をおかしてまで、棄ててあるタイヤを見てどうするんだ？」ヌエジ氏が真っ赤な顔をして、アラビア語でまくしたてた。近くで静かに遊んでいた子供たちが、驚いて散って行った。

「ヌエジさん、私はタイヤの死に様をできるだけ多く見たいのです。人間で言えば、生命を全うして安らかに死んでいるのか、それとも心臓病か、脳卒中か、ガンで早死にしてしまっているのか。この分析がサハラ砂漠にもっとも適したタイヤを開発するのに必要なのです。タイヤというのは、ある場所にストレスが集中すると故障を起こすのです。人間と同じなのです。砂漠の中に不特定多数のユーザーが使ったタイヤが棄ててあるなら、それは恐らくほとんどがフランソワタイヤでしょう。それがどんな死に方をしているのか。そして我々のタイヤもトライアル販売でかなりの本数が不特定多数のユーザーに出回っていると思いますから、その廃棄タイヤもあるかもわかりません。それも見つかればフランソワタイヤと我々の死に様の違いがどうなのかも知ることができるかもしれません」

山田さんはヌエジ氏の剣幕にもひるまず、丁寧に説明している。が、ヌエジ氏も引き下がらない。

「それならば、前回カリファ・トランスポートのテスト結果ではっきりしたではないか」

「そうです。あの調査で、課題がビード故障と側面の傷成長であることが確認できました。非常に貴重なデータが取れました。今回は、そのカリファでの結果が特異なものではなく、リビア全体を現しているのかどうか、を確認したいのです。これが確認できれば、もうすでに着手している改良スペックによって、上市がぐっと近づくことになります」

ヌエジお父さんの剣幕に驚いて散って行った子供たちが、また恐る恐る近寄ってきて、山田さんの顔を覗き込んでいる。

「他のユーザーでもみんな問題はカリファと同じだ。確認作業は労力と時間の無駄だ」

「同じだ、というのをデータで示さなければならないのです。それが我々の仕事です」

山田さんは必死だ。アーメド氏は通訳しながら、どうやら山田さんの言うことを納得し始めているように見える。しかしヌエジ氏はしぶとい。

「別の問題が見つかったらどうなる?」

「新たな問題が見つかれば、故障の状況と発生頻度によっては、それも対策項目に入るかもしれません。いずれにせよ今回の調査で何本ぐらい廃棄タイヤを見れるかがポイントとなるでしょう。もしカリファとは全く違う問題が見つかれば、カリファの使用条件とリビア全体の使われ方との違いを調査する必要性が出てくるかもわかりません」

「カリファの使われ方が、特殊だとは思わないが……」

と、ヌエジ氏は首をかしげる。

「そう期待しています」

「何本ぐらい廃棄タイヤを見たいのだ?」

「そうですね……五十本は欲しいです」

「五十本も?」

ヌエジ氏とアーメド氏が同時に声を上げた。

それから、ヌエジ氏とアーメド氏が、二人で侃々諤々とやり始めた。彼ら同氏がアラビア語で議論し合うと、山田さんにはなすすべもない。

「やっぱり俺は、別の世界から来たストレンジャーだな」

独り言をつぶやきながら、横で山田さんの顔を覗き込んでいるムスタファの頭を撫でた。

ヌエジ氏としばらくやりあったアーメド氏が、山田さんに向かって、

「わかりました。あまり砂漠の奥には入って行かないことと、日帰りするということで、明日ドライバーを用意することになりました。まずアリ・トランスポートに寄ってから、そのままサハラへ向かいます。私も同行します。何本ぐらい発見できるかわかりませんが、できるだけやりましょう。車は4×4でないと入れませんから、ヌエジのレンジクルーザーを使います。明朝六時にホテルへ迎えに行きます」

と、告げた。

ガマルはやった、この車を使ってくれるんだ、俺も一緒に行けるぞと喜んだ。

「えっ、アーメドさんも来てもらえるんですか。それはありがたい」

山田さんも大喜びだ。ムスタファたちも雰囲気を感じ取って、ピョンピョンと飛び上がって喜んだ。

翌朝は雲ひとつない真っ青な空が一面に広がっていた。

真夏の六〇℃の砂漠であっても作業するにはできるだけ肌を出さない方が良い。山田さん

はそう言われたのだろう、胸にニホンタイヤの社名が誇らしげに入った長袖の作業着を着た。アーメド氏もドライバーもソーブという長い白衣は着ていないが、ほとんど冬着のような長袖、長ズボンを身に着けている。

「いい天気ですねえ。この季節は砂嵐の心配はまずありません」

アーメド氏が山田さんを安心させるように言う。

サハラ砂漠へ入る前にアリ・トランスポートへ寄ったが廃棄タイヤはなかった。ベンガジから南へ向かうとすぐに砂漠が始まるが、砂は固いのでなんなく走行できる。少し走ると、タイヤが三本ほど棄てられていた。さっそく点検すると、すべてフランソワタイヤでありビード部に亀裂が入っているが致命的というほどではなく、使い切って廃棄されたとみられる。

さらに二十分ほど南下すると、砂漠のはるか彼方に黒点が見えた。近寄ってみるとタイヤである。

タイヤの下にサソリが潜んでいることが多いので、山田さんとアーメド氏は注意しながら、よいしょとタイヤを持ちあげ、ひっくり返す。これにもビード部にかなりのストレス集中した跡がみられた。

こうして棄てられたタイヤを探して、砂漠の中をうろうろとしながら、徐々に奥地へと入って行った。平らだった地面がうねってきて砂がサラサラになってきた。三六〇度ぐるりと見渡しても砂のうねり以外なにも見えない。

日が昇ってくると急に暑くなってくる。全く風がなく空気が熱い。車にはエアコンはないが窓は締め切っている。

「暑いから開けていいですか？」

と山田さんがアーメド氏に聞くと「もちろんいいですよ。でも開けるとよけいに暑いよ」と返された。

窓を開けると熱風が吹き込み「暑い……、肌がチリチリする」と言ってあわてて閉めた。しかしばらくすると「やっぱり暑い」と言ってまた開けている。

そうやって山田さんは窓を開けたり閉めたりしていたが、どうやっても暑いのは同じだった。

そのうちまたタイヤが棄ててあるのを見つけ、点検する。山田さんはのどが渇くらしく、外に出る度に水をがぶがぶ飲んでいる。これの繰り返しだ。

見上げれば、真っ青な空に太陽が強く照り、熱い空気を送り込んでいる。

ガマルはふと、空気がキラキラと輝いているのに気が付いた。ダイヤモンドダストのようだ。微細な砂が空気中に舞い上がり、太陽の光を反射してゆらゆらと踊っているのだ。

アーメド氏が「ランチにしよう」と言ったので、三人は休憩に入った。サンドイッチを持ってきたらしい。山田さんにも一つよこしたが、

「ありがとう、アーメドさん」

と言ったが食べない。食欲が全くないようだ。水だけを飲んでいる。

「山田さん、そんなに水ばかり飲んでると疲れますよ。ところで何本チェックできましたか?」

アーメド氏が山田さんに尋ねると、彼はチェックシートを見て、

「まだ十七本です」

「まあまあのペースですね」

とアーメド氏は言う。

「えっ……」

五十本ぐらい午前中で終わると山田さんは思っていたようだ。まだ半分もいっていない。

ひと休みしてまた動き出した。と言ってもあてはない。ただひたすら砂漠の中を黒点を求めてさまようだけだ。ガマルはサラサラの砂に潜らないように軽く踏み、そして砂を後ろにかいて推進力を出しながら、レンジクルーザーを動かした。

タイヤが砂を踏みしめすぎると中に潜ってしまい、いったん潜ると脱出が難しい。ちょっとだけ力を入れて牽引力を出しながら、また力を緩めて砂に乗る。この力の強弱のかけ方に砂漠を走るコツがあるとガマルは感じた。

さらさらの砂が風に翻弄され出した。砂が流れ波のようにうねる。こうなると廃棄されたタイヤを見つけるのが難しくなる。しかし諦めずに走り回り黒点がかなたに見つかれば近寄る。

それが求めるタイヤであったならば、山田さんはまるで聴診器をあてるように測定工具をタイ

ヤにあててぐるりと一周し点検する。アーメド氏が言った。

「山田さんはまるでタイヤの検死官ですね」

さらに奥へと入って行くと大きな砂丘が点在してきた。ガマルは思った。あの砂丘を登らなければならないのか、砂丘の向こうには何が待ち受けているのだろうか？　そこはサハラ砂漠用タイヤであるガマルの能力の見せ所ではあるが、ガマルに緊張が高まった。相変わらず熱い空気が流れている。

「アーメドさん、今気温は何℃くらいですか？」山田さんが聞いた。

「五五℃くらいでしょう、まだまだ暑くなります」

「すさまじい太陽のエネルギーですね。何とかこのエネルギーを液化して保存できないものですかねぇ？　太陽が不足しているところに供給したらいいですね」

山田さんがそんな話をしているうちに、ドライバーはレンジクルーザーを砂丘の方に向けて登り始めた。超えるつもりらしい。勾配が三〇度くらいになりレンジクルーザーが空を向く。

ガマルは砂に潜らないように注意をしながら必死で砂を掻く。

空を向いたレンジクルーザーはその重みであとずさりし、ガマルの後輪部分が砂に潜り始めた。こうなるとドライバーがアクセルを踏むたびにタイヤのガマルは潜りこむだけだ。どうにもならない。砂丘の途中で車は立往生してしまった。

しかしドライバーは何食わぬ顔で車を降り、山田さんとアーメド氏も降ろした。そしてガマルの中に入っている空気を抜き、圧を一バール程に下げた。かなりの低空気圧状態である。そしてまた運転席に乗ってエンジンをかけてゆっくりとアクセルをふかした。

ガマルがぺしゃんこになったおかげで浮力が増したのだろう、すんなりと砂の上に戻ることができた。二人とも拍手をしている。なるほどこれがカリファ社長が言っていたことだ。空気圧が減ったので少し重い感じにはなったが、車は難なく砂丘の頂上に達した。

砂丘の向こうは天国か、奈落の底か、ガマルはわくわくドキドキでいたが、頂上からの眺めは今までと何も変わらなかった。薄茶色の砂のうねりが果てしなく続き、はるか向こうで空の青とぶつかって、青を波状に切り裂いている。

風が少し強くなってきた。砂が流れて風紋を作る。遠くにいくつか見える黒点を砂流が隠そうとしている。

「あっ、あれはタイヤかもしれない、急いで行こう」

黙って景色を見つめていた山田さんが、我に返ったように叫んだ。

砂丘の頂上から降りる時は真っ逆さまに落ちていくようで、慎重に車を少しずつ下ろしていく。ガマルも砂に潜ってしまわないように慎重に砂を跨ぐ。

黒点へと向かう途中から風がさらに強くなり、砂が舞い上がるようになってきた。

「アーメドさん、これは砂嵐の前兆ですか」

「砂嵐は通常は五月前後に起きます。真夏に起きることはあまりないのですが、予測できないことが起こるのが砂漠の怖さです。砂嵐かもしれません。山田さん、何本チェックしましたか?」

「三十五本です」

「そうですか……もう充分でしょう」

アーメド氏は調査を終了したいようだった。

「いえいえ、まだ三十五本です。もうちょっとがんばりましょう、アーメドさん」

「……………」

砂が舞う中を、再び二時間ほどさまよったが、結局二本しか見つからなかった。その間にも風はさらに強まり、舞い上がる砂塵に太陽が遮られてあたりは暗くなってきた。

「山田さん、もう引き返した方がいいですよ。これは嵐になるかもしれない」

「もう少しです。せっかくここまで来たのだから、何とか五十本はいきましょう」

山田さんは主張した。

砂を踏みしめるガマルの黒い頭にも砂がぶつかり覆ってくる。周りの景色も見えなくなり、どの方向へ向かっているのか見当がつかない。

「山田さん、あなたは砂漠の怖さを知らない。あなたは砂漠よりも東京本社の方が怖いのではないですか? 五十本チェックしないと東京本社に怒られるのではないですか」

「アーメドさん、失礼なことは言わないで下さい。東京本社がどう思うかは関係ありません。

今まで三十七本チェックして、おおよその傾向は見えてきました。しかし、まだわたし自身が確信していないのです。あともう少し点検すれば、結論が見えてくると思います」

「じゃあ、あと何本見ればいいのですか？」

二人のやり取りは次第に険悪な雰囲気になっている。

「アーメドさん、あと十本お願いします」

「エーッ、十本ですか……後日出直すことではどうですか」

「せっかくここまでやったのだから、今回で終わらせましょうよ」

アーメド氏がドライバーに山田さんの意向を伝えると、ドライバーが反発しはげしい言い合いになった。が、結局山田さんの強い要求にドライバーは開き直ったように、荒っぽく運転を再開した。ガマルも必死で荒れる砂面を踏みつけ前進した。


その後、さらに五本を点検することができたが、その頃には風は完全に砂嵐へと変わり、上下左右から車に向かって砂が叩き付けて来ていた。

「どのくらいベンガジから離れましたか？」

山田さんはついに諦めたように沈んだ声でアーメド氏に尋ねた。

「二五〇キロくらい中に入ったと思います。でもまだまだ、全くサハラの入り口ですよ」

「そろそろベンガジに戻りましょうか」

「今頃になって言っても遅いですよ、山田さん。もう前が見えません」

アーメド氏はついに怒ったようだ。

それでもドライバーはベンガジへ少しでも近づこうと必死で車を操作し、ガマルはそれに応えようと降りかかる砂をはらい、砂面を踏みしめた。しかしとうとう一寸先も見えない程になってしまった。

「これ以上動くのは危険だ。ここで止まって、嵐のおさまるのを待ちましょう」

アーメド氏がきっぱりと言った。

「砂嵐は通常どのくらい続くのですか？」

山田さんが恐る恐る尋ねた。

「数時間したらおさまるか弱まるケースが多いですが、数日続くこともあります。砂嵐はハムシーンと呼ばれますが、それは五十日間続くという意味であり、そういうケースもあるということです。勿論そんなことは稀ですが、いずれにせよじっと待つしかありませんよ。インシャアッラー（アラーの神の思し召し次第）です」

「そうですか。タイヤの調査であなた方にご迷惑をかけて申し訳ないです」

山田さんはアーメド氏とドライバーに謝っているが、もう遅い。

確かにサハラ砂漠は人を寄せ付けないネバーネバーランドである。人を寄せ付けないところに無理に入るための一つの道具として、ガマルのような特殊なタイヤが必要とされる訳だ。しかしこうやって荒れ狂ってしまったら、車もタイヤも何もできない。

　じっと車の中で待機しているあいだに、山田さんは調査結果を分析してアーメド氏に説明した。

「全部で四十二本チェックしました。そのうち三十九本がフランソワタイヤで、三本がニホンタイヤでした。故障の大半は今までにわかっていた通りで、新たな問題は発見されませんでした。フランソワタイヤも我々のニホンタイヤも、カリファ運送会社で確認したものと同じです」

「フランソワタイヤとニホンタイヤでその故障の大きさも同じですか？　山田さん」

　アーメド氏もタイヤのことがだいぶわかってきたようだ。

「いえ、残念ながらダメージの大きさは、随分違いがあります。フランソワタイヤの場合は故障がタイヤ内部に進行してないようです。だから溝がほとんどなくなるまで走行できる訳です。我々のタイヤは一旦故障すると、それが容易に発展進行し、パンク、エア漏れに至るようで本来のタイヤライフを全うできません。これでは売り物にはならないですね」

「問題がはっきりしたから対策は可能なのではありませんか」

「はい、可能です。めどもついています。実行にどのくらい時間がかかるかが問題です。東京の中央研究所をプッシュします」

　山田さんとアーメド氏が話をしている間に、外には闇が訪れていた。風は相変わらず荒れ狂い、車があおられて大きくゆれる。気温が徐々に下がり、昼間の地獄のような暑さはやわらいできていた。

「アーメドさん、あなたは数時間でおさまると言ったけど、数時間というのは何時間のことですか?」

山田さんはアーメド氏に突っかかった。

「そんなのわかりませんよ……二時間かもしれないし九時間かもしれない。いずれにせよはっきりと言えることは、朝の来ない夜はないのと同じく、おさまらない砂嵐はない、と言うことです。果物の缶詰がありますから少し食べましょう」

アーメド氏はさすが砂漠の民で、アラーの神を信じているのか落ち着いたものだった。しかし状況は相当危うくなって来たのではないか。ガマルはタイヤだからここにじっとしていても別にどうってことはないが、彼らはもうそろそろ恐怖心が湧いて来るのではないだろうか。

「私は全く食欲がありませんので水で結構です」

山田さんは食欲がないようだ、大丈夫かな、とガマルは心配になった。

「無理してでも食べないと体力を消耗しますよ」

「ありがとう。では少し頂きます」

山田さんはパイナップル缶の中から一切れを無理に食べようとしたようだ。

「あぁ、やっぱり駄目です。昼間のくそ暑さで胃をこわして食べ物を受けつけないようです」

「それは、単なる水の飲みすぎですよ。ところで、調査の結論は出たようですが、まだ廃棄タイヤチェックが必要ですか?」

「いやいやもう結構です。無理を言って済みませんでした。ドライバーにも私が謝っていると言って下さい。今回、合計四十二本チェックでき、結論が出ました。先ほど申し上げた通りです」

アーメド氏が山田さんの謝意を伝えたが、ドライバーは黙ったままだ。怒っているのだろう。

「どうして、そういう問題が起きるのですか?」

アーメド氏が問題の本質に迫って来た。どうも彼は単なる通訳ではないようで、なぜ? なぜ? と突っ込んでくる。

「アーメドさん、前にも言いましたが、タイヤは人間と同じです。できるだけストレスが少なく、しかも身体全体へ均等に分散しているのが長生きの秘訣です。ストレスが、ある部分に集中すると、そこに大きなひずみが発生します。そこがもともと強靭な部位ならばかなり耐えることができます、しかし弱い部分にひずみが集中すると、耐えきれず故障してしまうのです」

「どうやって改良するんですか?」

「それは東京中央研究所の仕事ですが、ひとつは、その部分にストレスが集中しないようにするか、あるいはストレスが集中してもそれによるひずみに耐えられるように、その部分を補強してやるか、またはその両方かです」

山田さんの説明に、ガマルは自分の身体がどう造られたのかにがぜん興味を抱いた。それにしても砂が荒れ狂い、ガマルにバチバチ当たるし、風のうなりがうるさくて、二人の会話が聞き取りにくい。ガマルはさらに注意深く聞いていた。

「フランソワタイヤはどうですか？」

「さっき言った通り、フランソワも、ビードでは苦しんでいるようです」

「しかし、カリファ社長が言ってたでしょう。フランソワはビードに故障が起きてもなんとか走れると」

アーメド氏はポイントを突いている。

「敵ながら認めざるを得ませんが、そこがフランソワの技術力の高さでしょう。かれらがビード、つまりタイヤの足の部分をどう設計しているかはわかりませんが、今回の廃棄タイヤで見るかぎり、ストレスに耐えると言うよりも、できるだけストレスが集中しないように柔軟性を持たせた設計をしているように見受けました」

「側面の傷にはどう対応しますか？」

ガマルは思った。自分もストレスフリーにして欲しいと。

「要は、傷を受けにくくするためになんらかのプロテクトをすること。そしてそれでも傷を受けたらその傷が成長しないように工夫することでしょう。おそらく新しいゴム材料の開発になると思います」

「なるほどよくわかりました。期待してますよ、山田さん」

アーメド氏と山田さんがこんな話をしているあいだに、ドライバーはすっかり寝てしまった。

「ところで、アーメドさん、あなたはどこで英語を勉強しましたか？」

「三年間イギリスに住んでいました。イギリスで英語と経済学を勉強しました。リビアに帰国してから、パートナーとトラックのパーツショップをオープンしたのです。パートナーの一人がヌエジです」

やっぱりアーメド氏はかなりのインテリだ……

「そうですか……イギリスに住んだ経験から見て、このリビアの政治はどうですか？」

「政治の話をするのは非常に危険です、山田さん。それがこの国のいちばんの問題でしょう」

アーメド氏の声が少し小さくなって聞き取りにくい。

「イギリスもそうでしょうが、日本では政治の話でもなんの話でも自由にできますから気軽に聞いたのですが、すみませんでした。この国では、それができないのであればこの話はやめましょう」

「いいえ、大丈夫です。ドライバーは全く英語がわかりませんから。それにすっかり寝てしまっているし」

やがて、日が変わろうとする時間になってきたが、外の嵐はいっこうに止む様子はなく、風がうなっている。ウインドウにもガマルにも砂が容赦なく叩き付けているが、山田さんとアーメド氏はそれをすっかり忘れたように話し込んでいた。

「山田さん、実は私もヌエジも、この国が社会主義へと向かっていることをとても心配しています。このまま進めば、私たち民間のビジネスは国に取り上げられてしまいます。ヌエジは子供たちに、将来それぞれ一軒ずつタイヤのショップを持たせることを計画しています。そのためにニホンタイヤをこの国で育て、マーケットシェアを上げていく必要があります。それをどうやってやるか、ヌエジはいつも店の前に座ってじっと考えています。しかし社会主義がすすめばそんな夢は実現しません」

社会主義とは個人の夢や目標を奪うものらしい。

「アーメドさん、社会主義はだめです。人間みな平等で豊かなユートピアというのは幻想です。チャンスはみなに平等に与えられなければなりませんが、そこで努力した者としない者、能力のある者とない者を平等とするのは、悪平等です。自由に競争し切磋琢磨しながら、それぞれに適した役割に収斂して行くというシステムを構築すべきでしょう」

山田さんの言葉に熱がこもっている。

そうか、チャンスは平等に、そして自由に競争というのがキーワードのようだな、とガマルは感じていると、山田さんは話を続けた。

「私には夢があります。何年か後にヌエジの子供たちが経営しているニホンタイヤショップを回るのです。大人になったムスタファのショップにはタイヤだけではなく、ホイールやカー・アクセサリーがたくさん並んで、ガソリンスタンドも併設しています。車にガソリンを入れてる間に、タイヤの点検や空気圧の調整もします。その間、お客さんにはロビーでくつろいで甘いコーヒーかティーを飲んで頂きます。その頃はコンピューターが今よりはるかに発達してるでしょうから、コーヒーを飲みながらコンピューターの画像をスクリーンで見てもらいます」

「ほう、それは面白そうですね。コンピューターの画面にはどんな映像が出されるのでしょうか？」

アーメド氏の声は興味津々という感じだ。

「コンピューターにはお客さんの車と同じモデルの車が写し出され、現在装着されているフランソワタイヤとの組み合わせが現れます。続いてニホンタイヤに取り替えた場合の、おなじ画像が出てきます。するとお客さんは驚いて言います。『おっ、このタイヤのパターン（タイヤ踏面の模様）の方が、俺の車にマッチしてるねえ』。ムスタファは、すかさず答えます。『お客さん、わかりますか、さすがですね。このニホンタイヤのパターンは、この車種にマッチするように東京中央研究所のコンピューターでデザインされているのですよ』。それを聞いてお客さんは『そうなのか、それでピタッと合っているのか。よし、このニホンタイヤにはき替えよう』『わかりました。すぐ取り替えますので、お客さんはこのまま、ゆっくりして下さい』という姿を想像しています」

山田さんは喜々として夢を語っているようだ。でも社会主義になったらどうなるのだろう。

「残念ですが今の流れでは、そうはならないでしょう。社会主義へ向かってまっしぐらに進んでいると思います。それと石油によって得られたあぶく銭で軍事力を強化し、反イスラエル、反アメリカへ突き進んでいるようです」と、アーメド氏は落胆の口調で言った。

「アーメドさん、この国を出てはどうですか。あなたのように、有能で、ヨーロッパの生活も経験した人には、この国はつまらないでしょう」

「こんな国であっても、私が生まれ育った国です。捨てることはできません」

外は相変わらず荒れまくり、車ごと吹き飛ばされそうな深刻な事態となっているが、二人は構わず話し込んでいる。恐怖心はないのだろうか？

山田さんの腹がグーッとなったようだ。

「アーメドさん、やっと腹が減って来ましたよ。あ、午前三時だ。そうだ、ベンガジのスーパーマーケットで日本製の缶詰を見つけたので買ってきました。ツナのフレークです。食べませんか？」

「ありがとう。日本製の缶詰はリビアで人気があります」

日本の缶詰が、こんなに遠いリビアにあるとは驚きである。


「ところで、アーメドさん。話は変わりますが、ヌエジさんの奥さんは何人ですか？」

「四人ですよ、それがなにか？」

「何故、イスラム社会では四人なのですか？」

「いい質問ですね。そういう風にダイレクトに聞かれたことはあまりありません。でも勝手な想像をされるより正しく理解してもらったほうが良いです。と言っても私も本当の理由は知りませんが……」と言いながら、アーメド氏は笑った。

アラブ人でも本当の理由は知らないんだ、とガマルは不思議に思った。

「興味があります、教えて下さい、アーメドさん」

「私が聞いているのは……一人では奥さんが退屈する。アラブ社会では奥さんはあまり外には出れませんからね。二人ではけんかが絶えない。夫はどちらの味方をすればよいか困るでしょう。三人では二人が手を組んで、もう一人をいじめる。四人だと二人ずつ組んで、二対二でうまくやる」

「なるほどなかなか理にかなっている、アッハッハ……ところで、立ち入ったことを聞きますが、アーメドさんの奥さんは何人ですか？」

からかうような口調で山田さんが聞いた。外は砂嵐が吹き荒れているのにのんきなものだ。

「私には家族はいません。ひとりものです」

「エーッ、それは失礼なことを聞いてしまいました。そうですか、お金の問題ではないでしょう。もしかして女が嫌いですか？」

確かにアラブ社会では嫁をもらうのにかなりの金がかかると聞いた。だからかどうかは知らないが、大の男同士で手をつないだりしているのをよく見かける。

「そういうことではありません。念のために言っときますが、私はゲイではありませんよ、山田さん」

二人は大笑いした。

その間にも車は砂に包み込まれようとしている。このままでは完全に埋まってしまう。

二人に急に緊迫感が襲ってきたようで黙ってしまった。ドライバーも目をさましたようだが、どうにもならない。

アーメド氏とドライバーが事態の打開を相談し合っていた。

「アーメドさん、これからどうしますか？」

「今は動きがとれません。嵐がおさまれば救助隊が来ると思います。ただ、車が完全に砂に埋もれてしまっては救助隊も探しようがなくなるので、できるだけ車を露出しておかなければなりません。砂を振り落とします」アーメド氏が言うと同時に、ドライバーがエンジンをかけた。ギヤをローに入れガクンとほんの少し前に動かす、それ以上は動かせない。さらにガクンガクンと前後に動かして屋根とボンネットの砂を少しだけふるい落とした。嵐は相変わらずだが、少しは弱まってきているようにも感じる。

夜が明けて、じわじわと暑さが戻って来るとともに、斜めに流れる砂のすだれのすきまからわずかに空が見えるようになってきた。ドアを開けようとしているが砂に押されて動かない。

「車を強引に動かしてみます」アーメド氏はそう言ってドライバーに指示した。

しかし、砂の圧力が強烈であり、動かすことはできない。車の上部だけでも砂上に露出しておかねばならないので、再びふるい落としを試みて、なんとか屋根だけは砂落としができた。もう落としたそばから埋もれていくことはない。

そしてじっと待つ……。

ようやく砂嵐はおさまり、青い空と黄色い砂の景色が戻って来た。何もない砂だらけの殺伐とした景色だが、妙に懐かしい。少し前までの狂乱が、すでに遠い昔のことのように思える。しかし安心はできない。この状態から脱出しなければならない。

「ヌエジが必ず救援を出してくれます。それまでとにかくじっと待つことにしましょう。砂漠では体力の消耗をできるだけおさえることが大事ですから、暑くても、身体全体をカバーする服装でいます。水と食料の在庫をチェックしましょう。山田さんは何を持ってますか？」

山田さんは、

「三本もってきたミネラルウォーターは全部飲んでしまいました。あるのはマグロのフレーク缶詰一個だけです」

と、答えた。アーメド氏は、

「三人の分を合せれば、缶詰が五個と干しデーツが二袋あります。一番大事な水は、ポリタンクに五リッターほど残っています。今はとりあえず缶詰一個を開け三人で分けましょう。飲み水は一人一回カップ半分までとします」

と指示を出した。問題はトイレだ。トイレットペーパーはないので、山田さんは彼らと同じように水と左手でお尻を拭かなければならない。トイレ用に必要な水はカップ半分という訳にはいかないだろう。

みんな少し腹に入れたら元気が出たようで、どうにか車の回りの砂だけは払いのけることができた。


延々と続く砂のうねりと青い空を少しずつ紅色に染めながら、陽が沈んで行く。

山田さんとアーメド氏は車と砂の壁のわずかなすき間に立って、落ちていく夕陽を見ていた。

アーメド氏の黒くて太い眉とその下のくぼんだ眼、額から眉間のへこみがなく続く鼻、濃いもじゃもじゃのひげ、すべてが紅く染まっている。何を思っているのか？　その眼は潤んでいるようにも見える。

三人とも黙ったままだ。

暗闇が訪れれば無数の星がすぐ上に散りばめられている。山田さんが手を伸ばして、星をつかもうとしたが空振りだった。

アーメド氏が、

「山田さん、星がすぐそこに見えていますからつかめそうに感じますが、実際には宇宙のはるか彼方でずっと前に光ったのが、今見えているのです。人間の世界よりずっとずっと雄大なのです」

と、言って笑った。

さらに二日が過ぎ、ポリタンクもとっくに空となった。

「山田さん、がんばるんだ」

アーメド氏の声に山田さんが目を覚ました。ドライバーにも同じことを言って励ましている。空は相変わらず青く、雲一つ見えない。

その時、遠くでかすかに「ウオーッ、ウオーッ、ウオーッ」と音が聞こえた。いや、そう感じた。

山田さんがつぶやいた。

「なんだ、夢か……ベンガジ港の船の汽笛が鳴っていた」

いや、どうも夢ではないようである。遠くで汽笛ではなくクラクションの音が確かに聞こえる。アーメド氏が気が付いて、ドライバーに「鳴らせ」と言った。

ドライバーは、何ども何ども「ファーッ、ファーッ、ファーッ、ファーッ」とクラクションを鳴らし続ける。相手の車のクラクションの音が近づいて来て、姿が見えた。五台いる。

「アッラー・オアクバル（アッラーは偉大なり）」

とアーメド氏もドライバーも感謝の言葉を唱えた。

こんな時に日本人は何て叫ぶのだろう？　キリスト教じゃないから〈オー・マイ・ガッ〉も〈ジーザス・クライスト〉もおかしい。〈天皇陛下万歳〉も〈ナムアミダブツ〉も〈ナンミョウホウレンゲーキョウ〉もそぐわない。

山田さんは「助かったぞ！　ありがとう！」と叫んだ。

ヌエジ氏が車から降りて、巨体をゆすって走って来ようとしているが砂に足をとられて、ふらふらしている。その他の何人かも砂の上でもどかしく足を上げ下げしながら、レンジクルーザーに近づいてきた。警察官らしいのもいる。

アーメド氏とヌエジ氏が抱きついて背中を叩き合っている。山田さんとヌエジ氏も抱き合い、山田さんはただ一言、千倍のありがとうの意味で「アルフ・シュクラン」を繰り返した。

すると、警察官らしい一人がアーメド氏になにか声をかけて、やおら手錠をかけた。

「なに、なに、どうしたの？」

と、山田さんは理解できないでいる。ヌエジ氏も同様らしく、両手を広げて首をすくめた。

両手を前にして手錠をかけられ神妙にしているアーメド氏は、ヌエジ氏に何か二言三言囁いたあとに、山田さんに、

「山田さん、心配いりません」

とだけ言って、警官とともに４×４のパトカーに乗って去って行った。

ベンガジ警察署へ到着してから、ポリスの一人が山田さんに英語で説明したところによると、

「もっとサハラの西側を探していたが見つからなくて、いったんベンガジに引き返し捜索方法を再検討した。そこにベンガジの東にあるトブロク市警察から連絡が入った。サハラから帰ってきたトラックから『屋根だけが見え、砂に埋まっているらしい車を見かけた』との情報だったので、急きょここまで救助に来た。そんなにサハラの奥地まで入っていなかったから良かったものの、これがもっと南だったら発見は難しかったかもしれない」

とのことだった。

山田さんは、そのことよりもアーメド氏のことが気になっていたので、ポリスに訊ねた。

「ありがとうございました。でもそれよりもアーメドさんはどうしたんですか？」

「アーメドは国家公安局に身柄を引き渡されます」

「何が起きたのですか？」

「彼はイスラエルから来たスパイです」

「エーッ……　そ、そんなバカな」

思いがけない言葉に、山田さんは絶句した。

「我々はあなたもアーメドの仲間ではないかと、当初は疑惑を持っていましたが無関係であることがわかりました。さあ、帰って下さい」

山田さんがヌエジ氏と共に車に乗り込みベンガジ警察署を去ろうとしていた時に、手錠をか

けられ連行されるアーメド氏と出くわした。

手錠からロープが伸びて、ポリスがそのロープの端をしっかり持っていた。ヌエジ氏に挨拶したあと、山田さんに向かって、

「山田さん、あなたのタイヤにかける情熱には感動しました。私も国のために命をかけてきました。後悔はしていません」

そう言ったと同時に、アーメド氏はポリスに押され、護送車に乗せられた。きっぱりとした言葉とは裏腹に、その背中は寂しげに丸まっていた。

護送車が見えなくなるまで茫然と見送っていた山田さんの目から、涙がポロポロと落ちて砂を濡らした。


数日後にヌエジ氏が通訳を雇って、ベンガジ警察から得た情報を山田さんに説明した。

それによると、しばらく前から訳のわからない信号が、ベンガジ市内からどこかに発信されていたのを、秘密警察がキャッチした。その発信源を探っていたところ、アーメド氏のパーツショップに辿り着いたそうだ。

アーメド氏が山田さんと砂漠に出かけていた時に、そのショップが強制捜査をされ、屋根裏に発信機が発見されたらしい。

発信機はアーメド氏のものであり、わけのわからない信号はイスラエル向けの暗号であった。

だから、直ちにアーメド氏の身元調査と行動の追跡調査が行われた。

調査結果によると、彼は母国イスラエルで特別な訓練を受けたあと、イスラエル人のパスポートでスイスへ飛んだ。そこにあるユダヤ・コネクションからリビア人のパスポートを受け取り、そしてイギリスへ渡った。

イギリスで働きながらリビア人に近づき、親しくなり、その友人と共にリビアへ入国した。そして友人と共同出資でベンガジに設立したのが、トラック用のパーツショップであり、ヌエジ氏もパートナーとして出資した。友人もヌエジ氏も、まんまとだまされていたということだった。

だがアーメド氏が実際にリビアでやっていたことは、トラックのパーツというリビアにとって欠かせない物資の供給であり、また、リビア向けタイヤの開発にも協力していた。だから何とか情状酌量の余地はないものかと、ヌエジ氏はベンガジ警察にかけあったそうだ。しかし、スパイ行為は最重要犯罪の一つであり、そういった嘆願が通るわけもなく、アーメド氏は間もなく銃殺刑となったそうである。

ヌエジ氏は淡々と語っていた。通訳は秘密警察員の可能性があるから、得られた事実だけしか語れないようだ。山田さんは、

「イスラエルという国はリビアだけでなく、エジプト、レバノン、シリア、ヨルダン等にスパイを多数送り込んで、あらゆる情報を得ていると聞いています。そうでなければ、まわりが敵

だらけの中で、小国が生きのびることはできないんでしょうね。アーメドさんは優秀だったので、これからもずっとサハラ用タイヤの開発を手伝って頂きたいと思っていましたが、とても残念です」

と、本当に無念そうであった。

七　事故

パリの山田氏のアパルトマンの駐車場は静まりかえっている。私はそこで、タイヤ先輩のガマルと山田氏のリビアでの長い苦闘の伝説を思い起こしていた。そして後輩の自分に課せられた重い役割を改めてかみしめた。

同時に、イスラム教やユダヤ教、キリスト教とか、宗教と言うものは、人間どもを幸せにするものではなく、人間と人間を争わせるためにあるものだと言うことを、私は強く感じていた。我々タイヤには関係ないが……。

いや関係なくもない。戦争や紛争地域に送られて、弾が貫通して死んだ仲間も多くいる。

田宮常務が去って二週間ほど経った頃、再びパリに出張者を迎えた。いつものようにシャルル・ド・ゴール空港駐車場で私が待っていると、山田氏がこれまた例のごとく、一人の男を伴いスーツケースを転がしながら車に戻って来た。男は割と長身スマートでびしっとスーツにネクタイを身に着けている。

山田氏が、助手席のドアを開けて、「吉田部長、どうぞお乗り下さい」と勧めた。

吉田部長が助手席に座り、山田氏がエンジンをかけて発進しようとした。

その時、部長が煙草を吸おうとしたらしい。

「あ、部長、済みませんが車の中での煙草は遠慮して頂けませんか。子供が喘息なもんですから、煙草の匂いは苦手なんです」

と、山田氏が言った。

「何だ、吸えないのか。不便だなあ」

甲高いキンキンした声で不満を述べた。

「そこに灰皿がありますから、一服されてから行きましょうか?」

一旦エンジンを止めて、二人は車を降りた。

吉田部長は胸のポケットからマールボロを取り出しジッポライターで火をつけた。なんかキザっぽい。

「これか、田宮常務が言ってたシトロエンCXは」

煙を鼻から出しながら、社有車を見つめ、

「贅沢すぎる」と、いきなり言った。嫌な予感がする。

「海外駐在規程の範囲内です、と常務にもご説明したのですが、常務がそう言われたのですか?」

「いや、常務からはそんなコメントはなかった。君はかなり常務に取り入ったようだからな。でも私は事業部長としてここに出張して来たから、君に言わなければならない」吉田部長は偉そうに言った。

「もっと安い車にしろ、と言われるのですか？　部長」

「そうだ」

「それでは駐在規程は何のためにあるのですか？」

「駐在規程はあくまでもガイドラインだ」

到着ロビーからはシャリオ（カート）に荷物を山積みした人々が次々と駐車場に入って来る。北欧からの乗客なのか？　冬の厚い服装の人もいる。あちらはまだ寒いのだろう。パリはもうすっかり春の気候になっているが。

「それならば運用でどうにでもなるということになりませんか」山田氏は噛みついた。

「どうにでも解釈できるというものでもない」

「よくわかりません。それに長距離走行の多い私たちの業務では、小さい車だと安全性にも影響します」

山田氏はきっぱりと言った。

「まあとりあえずはこの車を事業部長として承認する」

言って、部長は煙を口と鼻から同時に吐き出した。いきなり先制パンチを食わせておいて、とりあえず承認するとはどういうことだろう。偉そうにして嫌な人だ、先が思いやられるぞ、と、私は車の下から見上げていて思った。

「さっきはもっと小さい車にしろ、と言われましたが……」

「この車を承認すると言ったのだから良いではないか」

「それと、もう一点確認させて頂きたいのですが、常務に取り入ったとはどういうことでしょうか？」

また山田氏は噛みついた。

「常務はどういう訳か君を気に入ったらしいからな。それでいいじゃないか。一服し終わったから行くぞ」吉田部長は車に乗りこんだ。

「取り入ったという言い方はおかしいと思いますが」

そう言いながら山田氏はエンジンをスタートし、妙な雰囲気で我々はパリ市内へ向かった。

山田氏の小刻みにハンドルを操作する運転の仕方から、私には彼の微妙な心理状態が伝わってくる。また小雨がぱらついて路面は少し濡れている。

二人の車中での会話はひき続き、かなり緊張感を持ったものであった。

「私は、北アフリカの状況を君から聞けと常務の指示を受けた。フランスの報告ではなく北アフリカだ。これはどういうことだ？」

部長の声には不愉快さが込められていた。

「常務は『我々はフランソワタイヤのことをもっと良く知らなければならない』と言われていました。北アフリカは我々が進出するまではフランソワタイヤの独占的市場でしたから、そこで彼らが何をやって市場を独占できたか、その戦略を学べということではないでしょうか」

「そうか、それで君の話を聞け、という訳だな」

「はあ、でも私はフランソワタイヤの戦略は語れません。私が北アフリカで活動したことはご報告できますが」

「フランソワタイヤの戦略を君から聞きたいとは思わない。君がやってきた事実を語ってくれれば、それで良い」

山田氏は車中で北アフリカ、特にリビアでの砂漠用タイヤの開発の経緯を詳しく吉田部長に報告した。それは昨夜私がアパルトマンの駐車場で回顧していた伝説とほぼ同じであった。

山田氏が運転しながら報告している間に、ホテルの駐車場に到着した。

「吉田部長、ホテルに到着しましたが、食事はどうされます？」

「機内で充分食ったのでいらないよ。それよりも報告の続きが聞きたい。一気に聞いてしまった方が頭に入るからな。そこに灰皿があるから煙草を吸いながら聞こう」

駐車場からホテルへの入口の横にある灰皿の前に車を停めて、二人は降りた。吉田部長はマールボロを背広の内ポケットから取り出し、ジッポライターで火を点けうまそうに深く吸った。そして、

「山田君、その通訳のアーメドという人は当社に欲しかったなあ、惜しいことをした。でもそこから当社の北アフリカ進攻作戦が始まったと思うが、その後どうなった？」

そう聞いた部長は、右手の人差し指と中指の間にマールボロを挟んで吸っている。

「はい、ビードまわりの耐久性とサイドの耐カット性を改良したスペックは、その後の現地テストで改良効果が確認されました。そして、ベンツを中心とした大型トラック用のサハラ砂漠専用タイヤとして〈スーパーガマル〉の名前で上市しました。このスーパーガマルを旗艦商品としてトラック用ラジアルタイヤ商品群の拡売を図り、リビアでの売り上げは、一九七八年に一千万ドルを突破しました」

山田氏は心もち胸を反らせて言った。

「ふん、わずか一千万ドルか。大したことはないな」

部長は褒めるどころか、けなしている。私はどうなることかと気を揉んでいたら案の定、山田氏は、

「吉田部長、ゼロからのスタートでいきなり一千万ドル、当時の為替レートでは二十億円ですよ。しかもフランソワタイヤが独占していた市場です。別に褒めて頂く必要はありませんが、わずか一千万ドルはないでしょう」

と、気を悪くしているようだが、報告を続けた。

「リビアだけではありません。リビアより需要がはるかに大きい隣のアルジェリアでも大きな商売となりました。部長ご存知の通り、アルジェリアはフランスの一つの県でしたが、一九六二年に独立し、その後ブーメディエンヌ政権の時にフランス離れを強力に進めました。フラン

スからの物資の輸入は極端に制限され、フランソワのサハラ専用タイヤも禁止の対象となりました」

「有名なアルジェの戦いを経てやっとアルジェリアは独立したんだな。だからフランスが嫌いなんだろう。しかし実際にはフランスにおんぶにだっこだったんだろうから、フランス離れなんてできる訳がないよな」

部長は何本目かの煙草を吸いながら、わかったような顔をした。

「はい、それで日本を頼って来たんです。アルジェリアの石油、天然ガスの基地はリビアと同様にサハラ砂漠のど真ん中にあるために、人や資材の運搬に砂漠用タイヤは極めて重要な物資です。アルジェリア国営石油会社はフランソワタイヤの輸入ができなくて頭を抱えていた訳です。サハラで使えるタイヤはそれしかありませんでしたから。そこに我がニホンタイヤがスーパーガマルを武器に乗り込んで行ったのです」

山田氏の説明に部長は、

「そうか、タイミングが良かったんだな」

と、納得したようだ。

「そうです。アルジェリア政府としてはまさに渡りに船のタイミングでした。我々のパートナーとして一緒に戦って頂いた四葉物産アルジェ支店の現地での日々の営業活動の甲斐もあって、我が社はタイヤ入札で大勝利し、約三千万ドルのビジネスを獲得できたのです」

すばらしい成果だと私は思ったが、果たして部長はどう感じたか？

「そうか、山田君、おかげで北アフリカ進攻の概要がわかったよ。私に対する田宮常務からの宿題はこれで果たしたことになるんじゃないか」

と、部長は安心したように言って、煙草をもみ消した。

「長い報告になってしまいすみませんでした。今チェックインしてから、ゆっくりおやすみ下さい。明日は少し遅めですが十時にお迎えに参ります」

「なかなか面白かったよ、君はフランスよりアフリカの方が合っているのかもしれないなあ。さてチェックインするか。しかし随分遅くなったので自動的に予約キャンセルにはなってないだろうな」

「レイト・チェックインは申し入れてありますので問題ありません」

二人はホテルの中へ入って行った。

山田氏は十分程で駐車場へ戻り、ホテル・ルーブルをあとにして彼のアパルトマンへ向かった。

彼は北アフリカでの奮闘の経緯を吉田部長に報告できて満足したようで、ゆったりと落ち着いた運転であった。

私はそれを感じながら、先輩タイヤたちの努力を無にしないように増々頑張らねばと、改めて気合を入れて夜のパリの路面を踏みしめた。

しかしその一方で、吉田部長が最後に山田氏に言った「君はフランスよりアフリカの方が合っているかもしれないな」という言葉が私には引っかかっていた。あの部長はどうも気取り屋で性格が悪そうだから嫌なことにならなければ良いが。

山田氏のアパルトマンの駐車場に戻ると、右隣のエックスも左隣のコンチネントタイヤも今夜は居る。

「サムライ君、遅かったね」

エックスが待ってましたとばかりに私に話しかけてきた。

「今日はまた日本の本社からの出張者が来たので遅くなった。でもその出張者にそれがしの主人がサハラ砂漠専用タイヤ開発の経緯を説明したので面白かった。北アフリカはおぬしの会社の独占市場だったらしいな」

「そうだよ。アルジェリアはフランス領だったから当然だけど、リビアも、そして間にあるチュニジア、ずっと南にあるマリ、チャド、中央アフリカもフランソワタイヤのマーケットだったよ」

エックスは私の隣のコンチネントにも聞こえるように、大声で自慢げに言った。

「そのフランソワタイヤの独占マーケットに、ニホンタイヤはサハラ砂漠専用タイヤを開発して参入したんだ」

私はエックスをぎゃふんと言わせたいと思った。しかしエックスは負けてはいない。

「サムライ君、開発したと言っても我がフランソワタイヤの真似をしただけだろ。それにフランスが最も大事にしたアルジェリアの場合は、独立後極端なフランス離れ政策をアルジェリア政権が進めたから、君の会社に有利に働いただけだよ。実力で参入できた訳ではないだろう」

これには私の方がぎゃふんとなりそうだ。

「うーん、おぬしはよく知ってるなあ。だが運も実力の内だ。それからフランソワタイヤの真似をしただけだというのは失礼だぞ。おぬしのタイヤの構造は特許で守られていたそうだ、だから例え真似したくてもできなかった。もちろん元々真似するつもりはなく、ニホンタイヤ独自の構造を開発したのだ」

議論がいつものように白熱してきたが、左隣のコンチネントタイヤはまるで関心がなさそうにしている。

「ところでサムライ君、お宅のご主人は何故その出張者に北アフリカの説明をしたんだろうか？　出張者は北アフリカ担当なのかい？」

「いや、そうではなくて欧州の事業部長だ。だけど先日出張で来た常務から、北アフリカの話を聞いてこい、と言われたらしい」私もその点は腑に落ちていなかった。

「だけどそれにはおたくの常務さんの意図があるはずだね、サムライ君」

「そういえば部長は『常務は何故山田君から北アフリカの報告を聞いてこいと言ったのだろう』

と首をかしげていた」

「その部長さんはあまり賢くないね。僕が察するに、ご主人の報告を聞くだけではなくて、その中からフランソワタイヤが何故北アフリカマーケットを独占できたのかを考察せよ、という意図だと思うよ」

　エックスはしたり顔で、溝を開いたり閉じたりした。やっぱりこいつはただものではないと、私は思った。

「エックス、さすがにおぬしは優秀だな。我が主人も『フランソワタイヤのやり方、戦略を学べということではないでしょうか。でも私にはフランソワの戦略はわかりませんから、現地で私がやった事実だけを報告します』と言っていた」

「そうか、本社の部長さんよりおたくのご主人の方がわかってるね」

「それがしもそんな気がするぞ。それではフランソワタイヤの基本戦略とはどういうものだろうか？　教えてくれエックス」

　私は素直に彼から学びたいと思った。

「それはおたくの会社がやろうとしたのと反対の道だよ」

「えっ、どういうことだ」

「人真似を絶対にしない。常に手本はない。顧客の要求に適合するための、自分たち独自のコンセプトを開発し、先駆者利益を取るという基本戦略、というか、経営哲学だよ」

そう言うエックスの顔が、駐車場のライトに反射してキラリと光った。

「なるほどそうか、だがあの部長さんはそれに気付くかな、気付かないだろうな」


翌朝十時、吉田部長を迎えに再びホテル・ルーブルに赴いた。

「部長、おはようございます。眠れましたか？」

「零時過ぎまで寝なかったおかげで時差がなくなって良く眠れたぞ」

「オフィスに行く前にどこかに寄られますか」

そう言った部長は、三つ揃いでビシッと決めている。カッコつけすぎだ。

「そうだな、せっかくルーブルの近くに泊まったんだから、ルーブル美術館にちょっと寄ってみるか。そのあとでオフィスだ」

「わかりました、では車はこのままここに停めて、美術館には歩いて行きましょう。雨が降っていますが、すぐ近くですから大丈夫でしょう。ホテルの傘を借りて行きます」

残念ながら私はこのホテルの駐車場で待つ。四時間ほどで二人が戻って来た。

「さあ部長、オフィスへ行きます。オフィス近くで軽く昼食をとりましょう」

吉田部長は駐車場の灰皿の前でマールボロを一本取り出し、ジッポで火をつけて深く吸い込んだあと、大量の煙を吐きながら言った。

「入り口が長蛇の列で随分またされたけど、やっぱりルーブルはすごいな」

「通して観るのには三日はかかるそうですから、ほんの一部しか観れませんでしたが」

「モナリザとダヴィッドのナポレオンの絵を観れただけで充分だ、さあオフィスへ行こうか」

部長はまだだいぶ長いマールボロを、惜しげもなく灰皿に突っ込んでもみ消しながら言った。

オフィスへ向かい、いつもの地下駐車場へ入れると、二人は車を降りて近くで昼食をとりに行った。昼食後、そのままオフィスへ行ったようだ。

私が駐車場で待機していると、夕刻になって二人が降りて来た。

「さて夕食は何をご所望でしょうか？　部長」

「フレンチだと時間がかかりそうだから、イタリアンにしよう」

「わかりました、それならデファンスへ行ってみましょう。あの中にいいイタリアンがあります」

山田氏はそう言いながらエンジンをかけた。シトロエンＣＸの床がスーッと上がり、タイヤカバーと私との間隔が開く。

相変わらず込み合っている凱旋門周りのエトワール広場を無事に抜け、グランダルメ大通りに入ると、真正面に暮れなずむ空に突き出るようなラ・デファンスの高層ビル群が見える。

「あそこに行くんだな。楽しみだ」

ラ・デファンスのビル群の中に入ると、景色ががらっと変わった。

「パリ市内は街そのものが芸術のようなものであり、その景観を保つのと、伝統的な建物の保存のために、新しい高層ビルは建てられません。その代わりに、パリの郊外にこのデファンス地区が開発されたのです」

と、山田氏が説明すると、

「うわぁ、これは今までのパリと全く違う。まるでニューヨークのマンハッタンのようだな」

部長が子供のような甲高い声をあげた。

ラ・デファンスの中の一つのビルの地下駐車場に入ると、二人は夕食のために上階へ向かった。

二時間ほどすると、二人は夕食を済ませてホテルへ向かったが、車中でまた仕事の議論を始めた。

「さっきの話の続きだが、このフランスでの販売チャネルはどう考えているんだ、言ってみろ」

この部長の不遜な言い方に、私はまた不愉快になった。山田氏がエキサイトしなければいいが。

「はい、田宮常務にも申し上げましたが、我々は自前の販売拠点を持っていませんから、他社系や独立系の販売店の補完商品として、次あるいは次の次のブランド扱いでやってもらえるところを探して回っているところです。ですから時間もかかるし、キャンペーンのための金も使わなければならないと思います」

山田氏は丁寧に説明している。

「ふん、そしたら常務は何と言われた？」

「時間も金もある程度はかかるのは覚悟している。しかしそれ以上に頭を使え。それからフランソワタイヤがいくら強いと言っても、弱点は必ずある。それを見つけろ、と言われました」

私には、山田氏が気持ちを抑えるように、広いグランダルメ大通りをあえてゆっくりと走っていると感じた。

「ある程度時間と金がかかるのは覚悟している、という意味は、あまりかけてはいかんと言う意味だ。で、君が頭を使った結果は何だ」

部長は相変わらずの高飛車な言い方をしていた。

「はい、私はやはり他社の系列店に売ってもらうような他力本願ではだめで、自前の販売拠点を作らなければならないと思います」

山田氏は抑えて静かに語った。

「自前の拠点作りとなると、もっと時間と金がかかるぞ」

「だから時間の代わりに頭を使うんです」

「何だ、それは」

「フランスにある他社を買収するんです。これで一気に自前の販売店を持てます。それとともに生産拠点も持てます。日本で生産してここまで持ってくるやり方では、とてもフランスへ根付くことはできないと思います。日本は遠すぎます」

おっと、山田氏から大胆な発想が出たと私は思った。

「バカな、それは時間は短縮できるが金がかかりすぎる。そんな突飛な、非現実的な発想は通らないぞ、君」

部長の口調は容赦ない。

「時間が惜しいなら時間を金で買うしかありません。部長、過去と現在の延長線で未来を考えてはいけないと思います。日本も我が社も天然資源を輸入し、それを加工し製品として輸出して生きてきました。でもこれからはその日本独特のやり方を変えるべきだと思います。つまり日本からの輸出ではなく、現地に進出してそこに根付いたビジネスを目指すべきだと考えます。ただ我が社が新規に進出したのではそれこそ時間がかかりすぎます。だから現有物を買収するのです」

いいぞ、山田さん、フランソワのエックスもその考えには脱帽だね。だけどこの部長さんにわかるかな？　私は興味深く二人のやり取りを聞いていた。

「君は現実が全くわかっとらん。タイヤの原材料はほとんどが外貨を使った輸入品だ。我が社はそれを競争力のある製品に変えて輸出して、失った外貨を取り戻してきた。日本国全体がそうだ。これが我々の過去と現在だ。これをさらに進化させることが未来の方向でもある。製品力を増々高め、同時にコスト競争力をつけて行くことが、その方向を目指すための課題だ。わかったか」

部長の考え方は、あくまでも原材料を輸入して、日本でそれを加工し、我々のようなタイヤを造って海外に輸出するという、現在のやり方を続けて行こうということだ。それがいつまで通用するかが問題だと私は思った。山田氏もそれを危惧しているようだ。

「部長、恐れながら申し上げますが、多分それではいずれ日本も我が社も世界からはじかれ、行き詰まることになると思います」

「じゃあ君の考えでは、どこを買収するんだ？　まさかフランソワタイヤと言うんじゃないだろうな」

「フランソワを買収できればベストですが、それこそ非現実的でしょう。現実味のあるのは、グッドラックタイヤかピラリータイヤあたりだと思います。どちらもフランス国内に生産工場も販売網も持っています」

「ウハハ、おい山田君、馬鹿なことを言うなあ、君は。あんな会社を買っても金の無駄使いだよ」

部長はせせら笑った。

大きくそびえる凱旋門が近づいてきて、私は二人のやりとりよりも、路面に集中しなければならない。

「健全な会社なんか買えませんよ」

「君が頭を使ったと言うのはその程度か、わかった。もう余計なことは考えずに地道に他社系や独立系チャネルに我が社のタイヤの取り扱いをお願いして回れ。時間がかかっても仕方がない」

と、部長が言った時に、山田氏は突然左折してヌイイ地区に入った。この心理状態では凱旋門のロータリーは抜けきれないと思ったのだろうか？

ヌイイの閑静な住宅街をゆっくりと走りながら、二人は話を続けた。

「でもそれではフランソワタイヤの牙城と言えば、常務が君に与えた課題がもう一つあったな。フランソワの弱点を探せ、と。それについてはどう答えるんだ」

部長はふと思い出したようだ。

「これの答えはまだ持っていません。ただ何となく考えているのは、商品と売り方です」

「それはどういうことだ」

「はい、フランソワはタイヤ専門店だけでなく、車の修理屋やスーパーマーケットでも売っています。商品ラインは非常にシンプルです。つまりフランソワタイヤであれば値段は高いけれど、どんなユーザーにも、使われ方にもマッチする。だから客は商品を選ぶ手間が省ける。逆に言えば、客の好みによって商品を選ぶ楽しみを奪っている気がします」

「ばかだな、君は。それはフランソワタイヤがあらゆる条件に合うように性能のバランスが取れているということだ。それは弱みではなく、まさしく強みだよ。当社の技術ではそんなタイヤはできないだろう」

山田氏の言うフランソワタイヤの強みは、逆に弱みにもなり得るということを、この部長は理解できないようだ。

「だから逆に当社の技術の特徴を生かして、つけ入る隙があるような気がするのです」

これは面白い見方だぞ。いずれ隣のエックスにぶつけてみよう、と私は思った。

「ふん、偉そうなことを言うなあ、君は」

「だからまだ答えは持っていませんと最初に申し上げました。あくまでもまだ感覚の段階です」

「感覚で言ってもらっては困る。データでものを言え」

「まだ確固たるデータはありません」

「いちいち上司に逆らうな。はい、と言ったらどうだ」部長はおどしにかかった。

「部長、上司だろうが誰だろうが、言うべきことは言わなければかえって不義ではないでしょうか」

山田氏の堪忍袋の緒が切れかかっている。

「君は上司と部下、非組合員と組合員の関係の基本を理解しておらん。上司は評価する側、部下は評価される側で、その間には目に見えない高い壁がある。つまり君の昇給、昇格、ボーナスの査定すべて、上司の思惑で決まるんだぞ。だから上司には絶対服従だ。極端に言えば上司が死ねと言えば死ぬんだ。俺もそうして来たし、そうしなければ組織が成り立たない。おとなしく言うことを聞いていた方が利口だぞ」

部長の声が外の住宅街の静寂を破るかのように大きくなった。

「会社に於けるポジションとは上と下を分けるためだけにあるのではなく、役割の違いを表しているのだと思います。それに恐れながら申し上げますが、私は愚かな人間が愚かな人間を評価した結果を、全く気にしていません。そんな評価に一喜一憂する前に、私にはやるべきことがあります」

と、怒りを必死に抑えるように、山田氏はつぶやくような声で言った。

「おい山田、君の考え方はおかしい。今度のボーナス査定はマイナスだ」

部長がついに伝家の宝刀を抜いた。

「部長の言われることの方がおかしいと思います。部長は以前この社有車の件では、会社規程はガイドラインだと言われました。でも会社規程は社会で言えば法律であり、守るべきものだと思います。それをガイドラインと言って、上司が勝手に会社規程を捻じ曲げて解釈し、部下に強要し、そして上司に逆らうなと言われる。挙句の果てに上司に逆らったらボーナス査定はマイナスだと脅しをかける。ニホンタイヤというのはそんな会社だったでしょうか」

山田氏は部長の刀を素手で受け止めたようだ。切られる！

「ああそうだ、そういう会社だ。いやだったら辞めろ」

「あなた自身はそういう考えでしょうが、会社自体は違うと信じています」

「俺に逆らうと言うことは、会社に逆らうのと同じだ」

あーあ、山田さん、この部長にいろいろ言っても無駄だと思うよ。

大変なことになったぞ。


山田氏は無言のままで、ヌイイからグランダルメ大通りへ戻り、左折して凱旋門のあるエトワール広場へ向かった。

石畳の表面が濡れて、車のヘッドライト群に照らされて光っている。昼間よりは少ないが、ロータリーの中は相変わらず一見無秩序に車がひしめいている。

集中しなくては、と私が気を引き締めたその時、山田氏はいつもより荒々しくロータリーに突っ込んで行った。気持ちが苛立っているのが伝わって来る。左から来る車の列が急ブレーキをかける。

「おい山田、危ないじゃないか。もう少しゆっくり運転しろ」

「右が優先だから大丈夫です。それにおとなしく運転していたら、このロータリーは抜けられません」

山田氏は邪魔者をかき分けるかの如く、ぐんぐん中へと入って行った。私は必死で石畳を踏みつけた。

ロータリーの内側に入って少し走ると、今度は出口へ向かって外へ外へと出て行く作業に入らなければならない。右側に注意しながら空いた隙間を狙って少しずつ外へ出ようとするが、一台の車が無遠慮に突っ走って来た。もっとも、右側の車は左に遠慮する必要はないのがルールである。山田氏はとっさに左へ切り返しながらブレーキをかけた。私は濡れた石畳を必死でグリップしたが摑み切れず、ずるりとスリップした。一旦滑った車は、質量によって積算された慣性力で勢いを増す。

私が、ああっ、ぶつかる……と思った瞬間に、ドーンと鈍い音がした。相手の車はルノーで左のドアの下の部分がべこりとへこんだ。

「すみません部長、大丈夫ですか?」

「大丈夫ですか、じゃないだろう。君は何をやっとるんだ、しっかり運転をしないか。とにかくこの場を早く処理しろ」

「わかりました、部長。少しお待ち下さい」

相手の車に装着されているタイヤはフランソワだった。そいつがすかさず私にほざいた。

「こらお前、見慣れない奴だが何をやってるんだ、しっかりしろ。石畳が濡れている時は滑りやすいというのがわかっていないのか」

くやしいが右側だった相手に優先権があり、何とも反論のしようがない。

ルノーの運転手が降りて来た。フランス人のようだ。

相手はこちらの車のナンバーをメモしている。山田氏も降りて、へこんだ車のナンバーをメモした。吉田部長は車の中に座ったままだ。山田氏は何も言わず相手の出方を伺っている。明らかにこちらに非があるが、うっかり謝ったらとんでもないことになりかねない。

相手はこちらを外人と見てフランス語に片言の英語を交えて話しかけて来た。

「ＩＤと免許証を見せてもらえますか?」と、言いながら自分のＩＤと免許証を山田氏に見せた。そう悪い人ではなさそうだ。相手が外人とみて、何とか英語をしゃべろうと努力しているところに、誠実さが感じられる。

「車の修理代を払ってもらえますか?」と言っている。山田氏はパスポートと免許証を相手に見せ「もちろんです。承知しました」と答えながら名刺を出し、「請求書をこの住所に送って下さい」と言って一応事故処理を終えた。

接触事故の多いパリで、いちいちパトカーを呼んでいたら渋滞で大変なことになる。相手が山田氏を信用できると見たのであろうか、幸いもめることもなかった。

それでも二台がしばらくそこに停まっていたので、他の車が様子を見たり、邪魔だ、とクラクションを鳴らしたりして、当然のことながらロータリーの中は混乱を増していた。

相手の車が去ったあと、

「すみません、部長」

と言いながら山田氏が車を再スタートさせようとしたその時、突然部長がドアを開けて車を降り、車の前部とタイヤの私をじっと見つめた。そして、

「こっちの車は大した傷ではないな。それにしてもこのタイヤは駄目だ」

と言って、私を革靴の先で蹴った。「痛っ……」自分たちの商品を蹴飛ばすとは何事か、と私はあきれ返った。

まわりの車から「早くどけ」と言うようにさらにクラクションが鳴り響いた。山田氏が、

「部長、出ますよ、早く乗って下さい」

と叫んだ。

ようやくロータリーを脱出し、華やかな夜のシャンゼリゼ通りを経由してホテルの地下駐車場へ到着した。

当然だが部長は機嫌が悪い。私のミスで主人の山田氏に迷惑をかけてしまった。実は性格の悪い部長を少し驚かせてやろうと、私はあの時ちょっとだけグリップを緩めたのだ。でもやりすぎてしまった。

八　クラブ・トーキョー

部長をホテルで降ろしたあと、山田氏は左岸のカルチェ・ラタンにあるクラブ・トーキョーへ向かった。ここはパリの日本人の憩いの場所である。わかってくれない上司との不毛の議論で荒んだ心を癒すためであろう。

ポン・ヌフ橋を渡りシテ島を抜けてセーヌ左岸に入る。ポン・ヌフは新橋という意味だが、パリのセーヌ川にかかる三十七の橋のうちで最も古い。山田氏の請け売りだが。

学生の街であるカルチェ・ラタンに入ると、オデオン方面に向かい、サンジェルマン大通りに出て左折した。大通りを東へ少し走り、右折しパンテオンに向かって細い道に入ればそれがある。

クラブ・トーキョーの前は人通りはなく、暗くひっそりとしているが、路上駐車はびっしりと埋まっている。幸い、ぎりぎり入れそうなスペースが見つかった。

山田氏はスペースの横を少し通過し、車を斜めに向けた。そして、ハンドルを右へ切り、少しずつバックし、次にハンドルを左一杯まで切りじわりとバックし後ろの車にぶつからないところで止める。そして今度は右一杯に切り返し、少し前進して前の車すれすれで止める。またバックと前進を繰り返し、歩道の縁石と平行になったところで縦列駐車完了。私には身体が捩じられてつらい作業だが、縁石にはこすられずに済んで助かった。

二時間ほどしたらクラブ・トーキョーのネオンが消えて山田氏が店から出て来た。その後ろから女の人がついて来ている。暗いから顔は良く見えないが、髪の長いスタイルのいい人だ。

山田氏が車に乗り込みエンジンをかけると、その女の人が言った。

「ありがとうございました。ところで山田さんの住まいはエグゼルマンの方でしたね」

「ああ、そうですよ」

「私は同じ十六区のパッシーのあたりに住んでいますので同じ方向です。山田さんの都合のいいところまででいいですから乗せて頂けますか？」

「へえ幸子さんはパッシーなの、だったら近くだから問題ないよ。どうぞ」

「ほんとですか、やったぁ。すぐ支度をしてきますから少しだけ待って頂けますか」

「待ってるよ」

おっと山田氏はこの女性を送って行くのか、やるな、送り狼になるなよ。

幸子という女性はすぐに戻って来て、

「失礼します」

と言いながら助手席に乗り込んだ。同じ時にスーツ姿の三人の男がクラブ・トーキョーから出て来て、

「おっ、さっちゃん、彼氏に送ってもらうのか、いいね」

とからかった。

「今の人たちは一番奥の席にいた東都商事の駐在員だな。よく来るの？」

「はい、ほぼ毎晩お客さんを連れて来られます。よく身体とお金が続くものですね」

「大手商社は交際費がたっぷりありそうだからな」

そう言いながら山田氏がエンジンをかけると、車はいつものようにふわりど浮き上がった。

「えっ、この車は床が自動的にもち上がるんですね。気持ちいい」

「これがシトロエンの特徴ですよ」山田氏は自慢げだ。

私も女性が乗ったので少し気持ちを高揚させながら、細道をエコール・ポリテクニークの門の前を通って、西へ向かった。エコール・ポリテクニークは公立の高等理工科専門学校で、元フランス大統領のアルベール・ルブランやジスカール・デスタン等々著名人を多数輩出している超名門校である。これも山田氏の請け売りだが。

セーヌ左岸のこのあたりは、昼間は学生が多く騒々しいが、今は実に静かである。遠くでパトカーのサイレンが聞こえる。もう道路は乾いているから私も少しは楽だが、気を緩めてはいけない。

「ところで、あのぉ、お酒は飲んでいらっしゃらないですよね」

幸子さんが恐る恐る聞いた。

「大丈夫です、ここへ来る前の食事の時には少し飲みましたが、クラブ・トーキョーではソフトドリンクしか飲んでいません。フランスは自由の国ですが、だからこそ自己制御しなければなりません。と、偉そうなことを言いながら、たまに飲んで運転しますけどね。でも警察に停められたことはありません」

タイヤの私には、山田氏が飲んで運転した時はすぐわかった。ちょっと危なっかしいので、緊張を強いられる。でも今夜は大丈夫そうだ。

「ところで幸子さん、僕はいつもカウンターで飲んでるので、なかなか話ができないね。混んでるから」

繁盛している店のようだ。

「そうですね、お客さんは多いです。だから山田さんが来られているのはわかっていても、お話しする機会が少ないです」

「そうだね、パリには日本の会社の現地法人とか駐在員事務所がかなりあるからね。大抵の人がお客とか日本からの出張者のアテンドで気を使ったあとに、クラブ・トーキョーあたりで一息つきたいと思っているんだよ。パリという砂漠の中のオアシスみたいなもんだよ」

「えっ、パリは砂漠ですか?」

幸子さんが驚いたような声を出した。

「観光客が多いし、街そのものが芸術のようなものだから華やかに見えるよ。だけど観光客を除いて見れば、フランス人は別として、中国人、アラブ人、黒人それぞれが独自の部落を築き他を寄せつけず生きている。フランス人も彼らを寄せつけない。勿論日本人も入っていけない。サハラ砂漠が人間を寄せつけないのと同じようなものだよ」

　山田氏はサハラ砂漠とパリという全く異なる世界に共通点を見出している。

「そうですか。でも私にとっては、パリは砂漠ではなく、逆にオアシスです。古い建物とか美術館や街角のカフェとかいろんなところを回っていると心が癒されます」

「ところで立ち入ったことを聞くようだけど、幸子さんは何でパリに来たの。あっ、でも身上調査なんかされたらいやだよな、ごめん」

　何で日本人の女の子がパリで生活しているのか？　フランス語の勉強だろうか、絵の勉強だろうか？　タイヤの私も興味を持った。

「別に、山田さんなら構いません。私は大橋と言います。東京で商社に勤めていたんです」

「大橋幸子さんか。僕は山田晴信です。そこは大手の商社だったの？」

「山田さんの名前は存じていますよ。私がいたのは中堅クラスの商社です。そこで失敗をしました」

「えっ、何か仕事のミスでも犯したの」

　二人がデリケートな話をしているうちに、エッフェル塔まで来て、イエナ橋を渡って、右岸へ出た。もうパッシーまではそう遠くない。

「仕事のミスはしょっちゅうでしたが、そんなんじゃありません」

幸子さんの身の上話は続いている。

「仕事のミスでなければ、男で失敗したとか……」

「まあそんなところです。それで会社を辞めてわずかばかりの退職金を頂いてパリに来ました」

そういうことか……失恋の傷を癒すためにパリに来たということか。

「そうなのか、まあ詳しい事情は聞かないことにしよう」

「そうですね、バカみたいな話ですから……それよりも山田さんが今夜はあまりお元気でなかったようですから、遠くから見ていて心配をしていました」

幸子さんは山田氏の心の傷を感じている。

「ああ、気が付かれるようじゃおれも修業が足りないね。でも仕事のことで大した問題ではないので心配しないで下さい」

「そうですか、大した問題じゃなくて良かった。あっ、もうこの近くです。この辺で降ろして下さい」

真夜中のパッシーの住宅地は静まりかえっている。ここで女の子を降ろすのは問題だろう、と私が思っていたら、

「危ないからすぐ前まで行こう」

と、山田氏が言ったのでホッとした。

「そうですか、それではお言葉に甘えて、そこを右に曲がって次の信号を左です。ああそうで

す、その三軒目の古い建物です」

「古いけどなかなか格調ある建物だね。百年くらい経っているんじゃないかな。いいところに住んでるね」

「場所はいいんですが、この一番上のいわゆるステュディオです。昔は住み込みのお手伝いさん用の部屋だったそうです。山田さん今夜はどうもありがとうございました」

「どういたしまして、おやすみ」

「おやすみなさい」

幸子さんはリモコンで鉄格子の扉を開け突き当りのエレベータで上方へ消えて行った。

パッシーから山田氏のアパルトマンまでは、同じ十六区内だから十分ほどの距離であった。

駐車場では隣のルノーのフランソワタイヤ・エックスが私を待ち構えていた。エックスのご主人はパリ市役所勤めの公務員だそうだから、毎日ほとんど決まった時間に帰って来るらしい。

左隣のＢＭＷスペースは空いている。

「おいサムライ君、遅かったね。今日はどうだった。あ、バンパーが少しへこんでるよ。ぶつけたな」

エックスが目敏く車の異常を見つけた。

「エトワール広場で濡れた石畳に滑って、ついに事故を起こしてしまった。それというのも日本からの出張者が話のわからない奴で、主人も苛立って運転していたからな。それがしも出張者を少し脅してやろうと思ったが、ちょっとやりすぎて失敗した」

私は事故を思い出して、また後悔した。

「ああ、東京本社の部長とかいう人か。石畳が濡れている時は思ったよりも滑りやすいからな」

「とにかく今日はいろいろなことがあった」

「その話のわからない部長さんとはどんな話になったんだい」

「たかが部長なんだが、えらく威張っていてなあ」

あのキザな部長の口調やしぐさを、私は思い浮かべた。

「そうか、よくいるよ、そんな奴。多分能力の無さを隠すために、地位を使って強面で出るタイプだね。フランソワタイヤにはそんな奴はいないけどね」

「フランソワタイヤにもそんな輩がいると思うよ」

「いないね、で、どんな話だったの？」

「詳しく話せば長くなるから要点だけ言うと、つまりは上司の言うことは聞け、聞かなければ評価に影響するぞ、と。まあ脅しだね」

「それにお宅のご主人はどう対応したの？」

「上司だろうが誰だろうが言うべきことを言わねばかえって不義。それと、愚かな人間が愚かな人間を評価した結果を私は全く気にしません、と言った」

山田氏のこの考え方を、エックスはどう思うだろうか、同調するか反論するのか？

「そうか。お宅のご主人の言い分は良くわかるけど、サラリーマンとしては苦労するね。つまり、サラリーマンは長いものには巻かれろということだよ」

と、エックスは言って、続けた。

「ご主人の性格だったら、我がフランソワタイヤに来た方がいいと思うよ」

「おぬしの会社なんかに主人が行くわけないだろう、エックス。もう寝るぞ」


翌日、吉田部長をホテルから空港へ送ると、山田氏は終日オフィスにこもって仕事をしたので、私は駐車場でゆっくりと過ごした。

その夜、山田氏は再びクラブ・トーキョーへ行った。

店の前の路上で私が彼を待っていると店のネオンが消え、彼は一人の女性を伴って店から出て来た。昨夜と同じ女の人だが今夜も送って行くのだろう。

「幸子さん、送って行くよ」

そう言って山田氏は助手席の扉を開けた。

「すみません、今夜も山田さんに付けなかったのにまた送って頂いて」

本当に申し訳なさそうに頭を下げながら、車に乗った。

「大丈夫だよ、アルコールは入っていないから安心して。いつもはどうやって帰るの？」

「地下鉄かバスです。バスは結構遅くまで動いています」

確かにパリの市内は深夜でもバスが走っている。

「これから僕が店に来た時は送って行くよ。しょっちゅう来れるかどうかはわからないけどね」

「えーっ、でも奥様が待っておられるのでしょう。いいんですか遠まわりして？　私の方は山田さんに送って頂けるのは嬉しいんですが」

送ってもらいたいのと、奥さんに悪いという気持ちで揺れているらしい。

「大丈夫だよ、どうせ同じ方向なんだから」

「お子様はいらっしゃるんですか？」

「男の子が二人います。二人ともトロカデロにあるパリ日本人小学校に地下鉄で通っています。幸子さんの家の近くですよ」

パッシーからトロカデロはすぐ近くだ。

「可愛いでしょうね」

「自分で言うのは親バカ丸出しですが、とてもかわいいですよ、アハハ……でも私は何もしてやれず、女房に任せっぱなしで頭が上がりません。朝の散歩がてらに近くの路上朝市に子供を連れて行くのが精一杯の家族サービスです。バゲット（パン）とフロマージュ（チーズ）を買って帰ります」

山田氏のハンドルさばきから、私は部長との会話の時とは全く違う、彼の気持ちのゆとりを感じていた。

「わあ、いいお父さんじゃないですか。やっぱり家族持ちの方のほうが落ち着いた魅力があります。私もそういう家族を持つのが夢でした」

「昨夜の話だと何か訳ありだったよね」

「私は仕事関係で知り合った男性と一緒に住んでいました。結婚はしていませんでしたが」

「それでどうなったのか聞いていいですか、幸子さん」

おいおいとうとうこの女性の身の上話が始まったぞ。私も興味深く二人の話を車の下から聞いていた。

「彼の帰りが毎晩遅いんです。朝帰りもしょっちゅうでした」

「理由は聞いたの?」

「はい、理由は残業、お客さん接待、麻雀などでした。営業職だから仕方がないと思っていました。ただ、体を壊すんじゃないかと、それだけが心配でした」

幸子さんという人はやさしい人らしい。

「うーん、よくある朝帰りの理由だね、それで?」

「ある時、明け方に帰って来ていつものように彼がそっとベッドの私の横に滑り込んだのです。そしたら私の知らない移り香が漂ったのです」

感情が高ぶって来たのか、幸子さんの声が、少し上ずっている。

「聞いたことがあるけど、女の人は男より数十倍匂いに敏感らしいからね」

そう言いながら、山田氏はハンドルを右に切って、今夜はアルマ橋を渡った。渡ったら左へ、川沿いの道をパッシー方面へいくらしい。私は慎重に橋の道を踏みしめた。

「知らないふりをしていたのですが、その後も同じ香りが時々しました。それである時に『この香りは私のではないと思うけど』と聞いたのです。そしたらいきなり抱きついてきました。私はそんな香りの下で抱かれるのは嫌でした。でも女ってだめですね。抱かれると、あぁやっぱりこの人は私のもの、と思って安心してしまうのです」

「はあ、そういうものですか」

随分赤裸々な話になったと私は興味深々で聞いていた。おっと水たまりがあるぞ、滑らないようにしなくては。

「そんなことが何度かありました。それからも彼は時々私を求めて来ました。私はわだかまりを持ちながらも、彼をつなぎとめるために、彼の欲求を満たそうと努力しました。でもやっぱり駄目でした。私がそのうちに心の病にかかったのです」

フランスにもよくある病らしい。マラディー・ダムール（恋煩い）と言うのか？

「かなり苦しんだんだね」

「このままではだめだと思い、結局私は彼と別れて会社も辞めました。そしてすべてを断ち切るためにパリに来たのです」

「そうだったのか、大変なことを聞いてしまった。思い出させてごめんね。あ、着いたようだ」

「いえ、とんだつまらない話をしてしまいました。ごめんなさい。こんな話をしたのは山田さんだけですから、どうか内緒にお願いします。ありがとうございました。おやすみなさい」

「どういたしまして、また明日店に行くよ、帰りも送る、おやすみ」

九　敵を知る

吉田部長の帰国から一カ月、ようやく山田氏の運転も以前の切れが出てきて安心していた頃、また一人の出張者がパリを訪れた。パリには本当に次々と訪問者がある。

シャルル・ド・ゴール空港で出張者を迎えてパリへ向かう途中、二人の会話を私は注意深く聞いた。

「山田先輩お久しぶりです。お元気そうですね」

明るい大きな声だ。

「関本君も元気そうじゃないか」

「今回私の出張目的は、フランスのトラックタイヤの市場調査です」

「君の出張目的は東京から連絡があったのでわかっている。今日はホテルに直行して、明朝八時に迎えに行く」

翌朝、私は山田氏と出張者の関本を乗せて、パリから南へ向かった。

「関本君、トラックタイヤのリトレッド会社（タイヤがすり減ったあとに、新しいゴムを貼り付けてもう一度走れるようにすること）が国道七号線沿いにある。片道三〇〇キロメートルぐらい走るぞ」

「山田先輩、このシトロエンＣＸに装着されているタイヤは我が社のサムライのようですね。私はトラックタイヤ専門ですから乗用車用タイヤのことはよくわからないんですが、やっぱり安心しますね」

安心しますと言われて、私はかえって緊張した。

「ところで君は何歳になった？」

「二十八です」

二十八といえば、山田氏が北アフリカのサハラ砂漠を彷徨っていた頃ではないか、と私は思い出した。

「そうか、今までは研修期間のようなもので、これからが本格的に仕事をやる時だ。まあでも、ずっと修行は続くけどね。俺もまだまだ修行中の身だよ」

「いえいえ、先輩は駐在員として一本立ちしてやっておられます。私も早く先輩のようになってどこか海外に駐在したいです」

関本氏は明るい声で言った。

「その時はすぐ来るから、タイヤだけじゃなくていろんなことを勉強しておいた方がいい。大事なことは感性を磨くことだよ。感性とは何だと思う？　関本君」

「はあ、わかりませんが」

「これは何年か前に俺の直属の上司から教えられたことだけど、感性とは問題意識だ。いつも問題意識を持っておくことが重要だ。心ここに在らざれば、視れども見えず、聴けども聞こえず、触れども感ぜず、とね」

私たちタイヤは、いつも路面に触れているわけだから、もっと何かを感じ取らなければだめだな。まだまだ感性が足りない、と私は反省した。

「なるほど、腑に落ちました。ところで先輩、お子さんの教育はどうされていますか？」

「エジプトの時は、小さくて教育問題はなかったけど、もう小学校も高学年になってきたから、少し気になりだしたかな。長男は五年生だからね」

山田氏は時々追い越しをかけながら言った。

「どこに通っておられるのですか？」

「日本人学校だよ。でも英語とフランス語は習っている。それから会社から送って来る〈ニュートン〉という雑誌は隅々まで読んでいるみたいだね。まあ、基本的には女房が教育担当で、おれは何もしていないけどね。アハハ」

と、山田氏は豪快に笑った。

「土曜、日曜はどうされているんですか？」

関本氏はいずれ海外駐在員になった時のために、山田氏からいろいろと聞いておきたいようだ。

「日曜日には、ゴルフやソフトボールなどの行事が結構あるね。何もない時はオフィスに行って仕事をしてるよ。土曜日は買い物デーだね。近くにユーロマルシェというでかいスーパーがあるので、そこで食料品の買いだめだよ。言っとくけど日曜日はほとんどの店が閉まっているよ」

そう山田氏が言うと、

「そうですか、日曜日は買い物ができないんですね。不便ですね」

関本氏が落胆したようだ。

二人の会話を聞いていて、私は山田家の買物の光景を思い浮かべた。

山田氏の奥さんが助手席に座り、後部座席には二人の男の子が乗る。山田氏のアパルトマンからブローニュの森の方へ行けば、テニスのフランスオープンが開催されるローラン・ギャロスというコートがある。そのすぐ近くにある巨大なスーパーマーケットが、ユーロマルシェである。

十分ほどで着く距離だが、毎回同じことの繰り返しだ。山田夫人は「地下鉄でスリに遭いそうになった。バッグのチャックが半分開けられたところで気付いたので助かった」と一週間の中でのトピックスを語る。後部座席では二人が「ブシュウ、シュワッチ、バキューン」と怪獣の争いを繰り広げる。

山田氏が「うるさい、静かにしろ」と怒鳴る。そうしているうちにユーロマルシェの広い駐車場に着く。

　私はそこでじっと待つ。

　品物をシャリオにうず高く積んだ家族たちが次々と車に戻って来る。一台では乗り切れないで、二台転がしている家族もいる。

　そのうちに、山田家族も同様にカートに食料品を満載して戻って来る。トランクに入れて、アパルトマンへ戻る十分間も、来た時と同じドラマが繰り返される。

　これが山田家、というよりパリの家族の土曜日の光景である。


　パリから南へ向かう国道七号線には高さを揃えた並木が至るところにあり、景色にアクセントを持たせている。でも三車線が多いので私は景色を楽しむどころではない。片側一車線ずつあり、中央に上り下り共用の追い越し車線がある。こちら側が追い越しをかけて中央車線へ出る。対向車も追い越しをかける。どちらかが譲らなければ正面衝突である。山田氏も緊張して運転している。

「山田先輩、こんな共用車線というのは見たことがないですね。よく事故が起きないものですね」

　その時山田氏が前の車に追い越しをかけて中央に出た。対向側もトラックが前のトラックに追い越しをかけているが、なかなか追い越せない。中央車線同士でトラックが向こうから迫って来た。危ない。山田氏は追い越しを止めて急いで元の車線に戻った。こういう急激なレーンチェンジでは車はふらつきやすい。私はふらつかないように注意しながら、路面をしっかりとグリップした。大型のトラック二台が並んですぐ横を通り過ぎ、乱気流が起こりシトロエンCXがゆらりと揺れた。緊張の瞬間である。

　関本氏の驚きの声が聞こえた。

「いやあ、びっくりしましたねえ。日本でも対向車が追い越しをかけながら迫って来ることはありますが、何しろスピード感が違いますから怖いですよ」


　やがて国道沿いの町ムーランに入った。

「関本君、ここにムーラン・プニュというタイヤのリトレッド会社がある。その工場長にアポイントを取ってある」

　その会社はすぐに見つかった。正門の向こうで手招きしている人がいる。車でその方向に向かうと建物の裏に出て、そこにはたくさんの廃棄タイヤが集積されていた。近寄ると、何とそれらは使い古されたニホンタイヤであった。皆がんばって生命を全うした私の仲間たちだ。

　二人は車を降りて挨拶した。山田氏がフランス語で話しているが、この人が工場長らしい。

「少しお尋ねしていいですか？」

「もちろんです」

と工場長は快く応じた。

「当社のタイヤはフランスへ入ったばかりで、まだ市場にそんなに出回っていないと思います。どこでこんなたくさんの当社の使用済みタイヤを集めたのですか？」

「全欧州から集めたんだよ」

工場長は顎髭を左手の指でつまみながら言った。

「それで何を調べているんですか？」

「タイヤに使われているスチールコードが錆びたらゴムとの接着が悪くなり、ゴムがはがれてしまう。それを防ぐためのメッキ技術の開発はタイヤメーカーにとって重要な課題である。我々はフランソワタイヤからの依頼で、ニホンタイヤのメッキ方法の変遷を調べている。解析の一つの方法として錆の量の変化を時系列で見るが、これがそのグラフだ」

工場長はグラフを二人に見せ、一点を指差しながら説明した。

「おい関本君、これはすごいデータだよ。横軸が製造年月、縦軸が錆の量だ。工場長が指差しているところが、我々がメッキの方法を変更した時期と一致する。この時から明らかに錆が減っている。それはいいことなんだが、問題はそれがフランソワタイヤに筒抜けになっていることだ。参ったな」

二人ともフランソワタイヤのやり方には脱帽だ。

山田氏のアパルトマンの駐車場で隣のエックスが私に言っていた、

「フランソワタイヤの技術への追及心は半端じゃないぞ」

とはこのことだ。

ニホンタイヤがフランソワを研究している以上に、フランソワはニホンタイヤを研究して裸にしている。恐ろしい会社である。

「山田先輩、もう行きましょう。こんなところにいたら不愉快になってきます」

関本氏が促すと、

「関本君、せっかくの機会だから、フランスでのフランソワのトラックタイヤの販売方法を聞いたらどうかな。欧州の他の国や日本と同じような売り方なのかどうか」

「先輩、僕は技術屋ですから売り方には興味はありません。それは営業の仕事でしょう」

関本氏は不満そうに口を尖らせた。

「そうか、俺は興味があるから聞くぞ」

山田氏は工場長に向かって、

「貴重なデータを見せて頂きありがとうございました。すみませんがもう一つ教えて下さい。フランソワのトラックタイヤはフランスではどういう販売のやり方をしているのですか？」

と聞いた。

「フランスではフランソワタイヤが新品とリトレッドタイヤ（再生タイヤ）を組み合わせたパッケージで販売をしている。フランソワのトラック用タイヤは強靭な骨格を持っているのでこのようなパッケージ販売が可能である。しかしフランソワ以外のタイヤは耐久力の弱い骨格なので一次寿命で終わってしまい、リトレッドができない。従って市場はフランソワタイヤの独壇場となっている」

と、工場長は誇らしげに、心もち胸を反らせて言い放った。

「メルシー　ボクー（ありがとう）」

と二人は丁重にお礼を言った。

「ジュ　ヴザン　プリ（どういたしまして）。この会社にはフランソワタイヤの資本が入っており、マジョリティーを占めている。だから、フランソワタイヤそのもののデータを教える訳にはいかないし、工場を見せることもできない。だけど、聞きたいことがあったらいつでもどうぞ」

と、工場長は再び胸を反らせて言った。

ムーラン・プニュの工場を去ってから、しばらく二人は無言であった。よほどショックだったのだろう。

「関本君、気を取り直して昼飯に行こう。国道沿いにレストラン・ルーティエというのがあって、トラックのドライバーに人気があるんだよ。つまりうまいということだ」

「行きましょう、気分を変えましょう、山田先輩」

レストラン・ルーティエの前の駐車場には多くのトラック・トレーラーがびっしりと並んで

いて、評判の良さが伺える。

一時間ほどで、旨い旨いと言いながら二人が戻って来た。

「ステーキとポム・フリット（フライドポテト）のシンプルな組み合わせだけど、旨かったですね。赤ワインもいい味でした。水の代わりに最初からテーブルに乗っているのもいいですね。私だけ飲んで申し訳ありません」

関本氏はすっかりいい気分になってはしゃいでいる。

「あれはヴァン・ド・ターブル（テーブルワイン）といって、地元のワインとかブレンドしたワインだったり、まあいろいろだよ。名のあるワインは高いし、収穫年による当たり外れがあるが、ヴァン・ド・ターブルはそれがなくていつでも安くおいしく飲めるんだよ」

二人はもうムーラン・プニュでのショックは払拭したように見えた。

「だけどな、関本君、気分転換になったところを申し訳ないが、言っておかねばならないことがある」

と、山田氏は車に乗ろうともせず、真剣な顔で言った。

「改まって何ですか、先輩」

「君は技術屋だから営業の仕事には興味はないと言ったが、それは日本にいる時のことだ。海外に出たら一人で動かなければならないことが多く、技術も営業もくそもない。先ほど工場長にフランソワのトラックタイヤの売り方を聞いたが、彼は非常に重要なことを言ったぞ。それは新品とリトレッドのパッケージ販売だ。ニホンタイヤは日本でもどこでも新品販売だけに注力しているが、これはフランソワタイヤと我が社の決定的な違いだと思う」

駐車スペースには大型のトラック・トレーラーがひっきりなしに出入りしている。

「しかし先輩、我々は新品を製造している訳ですから、新品を売るのが先決ではないですか。リトレッドが普及すれば新品需要が食われるでしょう。我々技術屋はより良い新品を開発するのが使命です」

「フランソワタイヤの考え方は、その先を行っていると思う。つまり耐久力を上げて、溝がすり減ってももう一度トレッド（踏面部のゴム）を貼り付けて二次ライフまで使えれば、顧客にメリットが出る。顧客にメリットを与えて、マーケットシェアを上げ、トータルで利益を得る。そのために耐久力を上げる技術開発で他社との格差をつけるという戦略だ。さらに資源の無駄使いを減らすことにもなる。新品需要が減るからリトレッドは顧客に積極的には勧めない、というのは姑息な考えだと思う。見てみろよ、どのトラックもトレーラーもフランソワタイヤだらけだし、よく見ると駆動輪とトレーラーにはリトレッドがかなり使われている」

山田氏は駐車している大型トラックやトレーラーを指差しながら真剣な口調で言った。

「そうですかねえ」

と、言いながら、関本氏はトラック・トレーラーが駐車しているところへ行った。彼は納得していないようだが、私には山田説がよく理解できた。

関本氏がフランソワタイヤの圧倒的な装着率を目の当たりにして心を折られたのか、うなだれて戻って来た。山田氏は関本氏も自分自身をも慰めるように、

「まあ、ここはフランソワタイヤの縄張りだからな。いずれにせよ今日のムーラン・プニュ訪問は、俺にとってものすごく意味があったよ。それは、我が社が他社を研究している以上に、フランソワタイヤを含む他社は我が社を裸にしているというのを知ったことだ。これをあらためて肝に銘じることができた。さぁ関本君、パリへ戻ろう」

私は再び国道七号線の三車線道路をひやひやしながら、パリへの帰路をひた走った。

十　ナポレオン街道

関本氏の出張に付き合って、フランス各地を回っていた間に季節は五月を迎えていた。パリの五月は一年のうちで最高の季節であり、プラタナスも大きな葉を広げ、太陽の恵みを楽しんでいるようだ。

山田氏は彼のアシスタントとして、フランス人の技術者を雇用した。フランスでのビジネスを展開するには、やはりローカルスタッフに頼る部分が多いとの判断である。

彼の名前は、ジャン・リブネで二十五歳、パリの化学研究カレッジを卒業し、そのまま研究生として残っていたのを採用した。でも学究肌という感じはない。かなり明るい性格の好青年のようである。

山田氏はジャンの訓練も兼ねて、販売チャネル開拓のために南仏方面へ向かった。

車は山田氏のシトロエンCXを使い、運転はジャンが担当して、パリから高速道路を南へと向かった。山田氏の運転とは微妙な違いがある。違いを私は車の下から感じ取って、このドライバーに合った性能を出さなければならないと思った。山田氏の運転と比べると、スピードは速いが精神的にはゆったりとしている感じを私は持った。やはり子供の頃から欧州の車社会で育ってきた血の違いであろうか、あるいは国民性によるものか？　ハンドルを持った時の感情の起伏が、日本人ドライバーよりは少ないように思う。

ジャンが運転しながら山田氏に説明する。

「この高速道路はリヨン、オランジュ、アヴィニョン、アルルと下って港町マルセイユから東へコートダジュール沿いにカンヌ、ニース、モナコ、そしてイタリーへと太陽を追いかけて行きます。だからオートルート・ド・ソレイユ（太陽の高速道路）と呼ばれています」

「もう何度も通っているから知っているけど、だんだん太陽に近づいて行く感じがいいね、ジャン」

「はい、今はまだ混んでいませんが、もう少しあとのバカンスシーズンに入るとすごい渋滞になります」

二人はパリから南約四五〇キロメートルのリヨンで太陽のオートルートと別れ、南東のグルノーブル方面に向かった。

「ムッシュ・ヤマダ、この辺はブレス地方といって鶏が有名です。味がとても良いのです。プレ・ブレス（ブレス鶏）と呼んでいます」

ジャンはかなり早口である。

遠くにアルプスの山々が望める。

「ほう、味の違いはどうやって出すのだろう」

「餌が他の地鶏とは全く違うようです。具体的に何を食べさせているのかは知りません。この地方のフランス小話があります」

食べ物が違えば肉の匂いも味も違ってくるのだろう。確かに日本人とフランス人の体臭も違うように私は感じていた。

「へぇ、どんな？」

「このブレス地方のとあるレストランに入った男性客が、ブレス地鶏の丸焼きを注文し、ギャルソン（ウエイター）がそれを持ってきました。すると客はやおらその鶏の肛門に人差し指を突っ込み、抜いて指の匂いをくんくんと嗅ぎました。そしてギャルソンを呼んで、『これはブレス鶏ではない。これはノルマンディー鶏だ』と言って返品しました」

ジャンはクァックアッという感じで、早口でしゃべっている。

「アハハ、餌が違うと肛門の匂いも違ってくるんだろうなあ。それでギャルソンはどうしたの？」

山田氏が楽しそうに続きを促した。

「ギャルソンは『申し訳ありません、すぐ取り替えますので少々お待ちを』と言い、ややあって別の鶏丸焼きを持ってきました。すると客はまた肛門に指を入れて、匂いを嗅いで、『これも違う。これはブリターニュ鶏だ』と再び突っ返しました」

この客は鶏肉の通だろう、と私が思っていると案の定、山田氏が、

「ジャン、その客はプロだね。それで？」

と、感心したようだ。

「はい、ギャルソンは再び『すみません、すぐ取り替えます』と言って、また別の鶏を持ってきました。客は相変わらず、同じ作業をして指の匂いを嗅ぎながら『これだ、これがまさしくブレスの地鶏だ』と言ってうまそうに食べ始めました。驚いていたギャルソンは『お客さん、あなたは凄い、その道のプロですね。そこで一つお願いがあります』と、言いながらズボンを脱ぎ始めたのです。客は『なんだ、どうしたんだ？』とびっくりして聞きました」

「えっ、ギャルソンは何をしでかそうとしたの？」

山田氏も驚いた声を出した。

ジャンは続けた。

「ギャルソンは言いました。『実は……私は孤児なんです』『うん、それで？』『あのお、だから私は自分がどこで生まれたのかわからないのです。私の生まれたところを教えて下さい』と、お客にお尻を突き出したのです」

「ワッハッハ、それは面白いね、ジャン」

確かに面白い。この客ならタイヤの私の匂いを嗅いで、日本で作られたか、フランスで作られたか区別できるかもしれない、と私は思った。

「ムッシュ・ヤマダ、フランスにはこのような小話がたくさんあります」

「それはいいね。君と出張する楽しみができたなあ」

「はい、おいおい話しましょう」

そうしているうちに、グルノーブルを過ぎてアルプスの山道に入った。

「ここからナポレオン街道をギャップに向かいます」

「そうか、ナポレオン街道を逆走する形だな」

「その通りです。ナポレオン・ボナパルトは流刑地である地中海のエルバ島を脱出してジュアンに上陸。そこから険しい山道をカステヤン、ディーニュ、ギャップを通りパリに向かったのです。その行軍中に同行する兵士がどんどん増えて行きました」

確かに険しい山道に入り、私にとっては緊張の連続だが、ジャンは割とすいすいと運転しているようだ。

「なるほどそうか、ナポレオンの復活だね。それにしても怖い道だな。ジャン、気を付けて運転してよ」

道はカーブ、アップダウンが続く。

「大丈夫です。今夜はギャップのホテル牡鹿荘を取ってあります」

「牡鹿荘……どこかで聞いたことがあるなあ」

「そうですか、聞いたことがありますか?」

「そうだ……ジャッカルの日だ。あの小説に出てきたホテルだ」

「そうです。昔はサボイ公の狩猟用のロッジだったという田舎風のホテルですよ。よく思い出しましたねえ」

「あの本は何年か前に夢中で読んだからね。確かジャッカルはアルファロメオでイタリーから海岸沿いにフランスに入国して、このナポレオン街道を北上しパリに向かった。そしてギャップでホテルに泊まった。それが牡鹿荘だったんじゃなかったかなあ」

山道は増々狭く厳しくなってきているが、私が必死でグリップしているのに、ジャンはそれを知らずに、軽快にハンドルをさばいている。

山田氏は続けた。

「彼はホテルのレストランで一人で食事をしている貴婦人を見つけた。そこでウェイターを呼んでワインを一本女性のテーブルに届けさせて、それをきっかけに女性に近づき熱い夜を過ごし、それからその女とは密な関係になった。ドゴール大統領の暗殺計画があるという情報を摑んだ警察がフランス全土に非常線を張っていたから、それをかいくぐってパリに上るには女と旅行をしている風を装った方がいいと考えたんだ」

「そうですね、ムッシュ・ヤマダ。ところでその貴婦人はその後どうしたんだったですかね？」

「よく覚えてないけど、確かジャッカルがパリに到着する前に殺したんじゃなかったかな。そしてジャッカルは無事にパリに着いた。でも結局ドゴール大統領暗殺は失敗に終わったけど」

そういえば先輩のサハラ砂漠用タイヤがアルジェリアで活躍したのは、あの国の独立から十数年後だったと聞いている。アルジェリアの独立を承認していたドゴール大統領の暗殺計画が成功して、フランス領のままでいたら、あの市場はどうなっていただろう。フランソワタイヤの独占のままで、先輩タイヤは活躍できなかったかもしれない。

私は曲がりくねった路面をグリップしながら、そんなことを思っているうちに、ギャップに到着した。

「ムッシュ・ヤマダ、ギャップに着きましたよ。我々もここで貴婦人を調達しますか、アッハッハ」

二人は大笑いした。私はホテルの駐車場でしばし休憩だ。ジャッカルが使ったアルファロメオのタイヤはイタリーのピラリーだったのか、それともやはりフランソワタイヤだったのだろうか?


翌朝、我々はギャップを発ってナポレオン街道をさらに南へ向かった。山坂カーブが延々と続く。

「かなりの急カーブが続くね、ジャン」

「はい、ここは自転車競技のツール・ド・フランスでも使われる道で、難所として有名です」

トンネルにさしかかると大型のトラックが停まっていた。登録ナンバーを見ればベルギーから来たようだ。トンネル入り口の前で、ドライバーが降りて運転キャビンの上部を見上げている。

「これはフランス小話と同じ状況になっていますよ」と、ジャンは車を降りて、にやにやしながら言った。

「えっ、なに、ジャン」

「多分トラックの高さが気になっているのでしょう。聞いてみましょう」

ジャンがドライバーに、

「あんたベルギー人だろ。どうしたの？」と聞いた。ドライバーは、

「そうだ、おれはベルギーから来た。このトンネルを通る車両の高さ制限が四メートルと書いてあるんだ」

と心配そうに言った。

「ああ、フランスは全部そうだよ。あんたのトラックの高さはどのくらいだい？」

とジャンが聞いた。

「三・八メートルだ」

「それじゃ大丈夫だよ」

ジャンが太鼓判を押した。それでもドライバーは心配げに上を見つめて言った。

「いやあ、ぎりぎりのようでちょっと怖いなあ」

そこでジャンは山田氏に聞いた。

「ムッシュ・ヤマダ、タイヤの空気圧を少し下げていいですか？」

山田氏はジャンの意図をすぐに察したようで、

「ああ、いいよ。但しトンネル内では時速三〇キロ以内でゆっくりと走って、トンネルを出たらすぐに空気圧を元に戻すことだね。コンプレッサーは積んでいるんだろ」

「積んであるから空気の再充填は可能です」と、ジャンは言いながら、ドライバーに、

「おい、ベルギー人。そんなに心配ならタイヤの空気圧を三バールぐらい抜いたらどうだ。そうしたら悠々と通れる。そのかわり超低速で走って、トンネルを通り抜けたらすぐに空気を充填し直せよ」

とタイヤを指差しながら提案した。

するとベルギー人ドライバーはあきれ顔で、舌打ちをしながら、

「おい、フランス人、全くお前はバカだな。ぶつかりそうなのはタイヤのまわりではなくてキャビンの上の部分なんだぞ」

と言った。

「そうか、じゃあここでゆっくり考えろ」

ジャンはそう言って、我々はトラックをおいてトンネルに入った。後ろを見るとドライバーがまだトラックの上部を見ながら考え込んでいる。

ジャンが、

「ムッシュ・ヤマダ、面白かったですね。フランス小話と全く同じ展開になりました」

と言って、二人は大笑いした。

山道は相変わらず狭い。ジャンは楽にハンドルを右に左に操っているようだが、道はくねくねとして、片側が山の壁、反対側が谷になっており、私が少しでも滑ったらアウトという状況の連続である。

おっとヘアピンカーブだ、私はぐっと路面をグリップしたが、ずるりと滑り、舗装からはみ出る。路肩には砂利が敷いてあり、その上に乗るとさらに滑り落ちそうになる。何とか持ちこたえ、踏ん張って走り抜けると、今度は逆カーブだ。またぎりぎりで通過する。危険度はエトワール広場のロータリーどころではない。これで雨でも降って来たら大変なことになる、と私が恐れていたら、早速降って来た。

「雨になりましたね。雨の山下りは増々危険で、ツール・ド・フランスではクラッシュの連鎖となります」

ジャンは言いながら、ハンドルを右に左に切る。私は必死でグリップするが、危うくスピンしそうになり、谷底を眼下に見て、ああ、落ちる、と目を瞑《つむ》る。もう限界とキーと悲鳴をあげたところで、ようやく山を下りきり海岸線に出た。

「ムッシュ・ヤマダ、コート・ダジュールに出ました。すぐニースに着きますが、今日訪問するところは、ここの独立系タイヤ販売店のマッセ・プニュでしたね。雨も上がって良かったです」

程なくマッセ・プニュに到着した。

ショップの前は広いフロントスペースになっており、その向こうに四カ所のピット作業場がある。それぞれのピットにはリフトとタイヤ脱着機、バランサーが配備されており、ポルシェとフェラーリが一台ずつタイヤ交換のためにピットに入っていた。その後ろにはタイヤラックが数台並び、複数ブランドのタイヤが飾ってある。ラックの上部にフランソワ、グッドラック、ピラリー、コンチネントというタイヤの看板が並んでいた。

作業場横がガラス張りの店舗になっており、様々なデザインのホイールが展示してあるのが見える。日当たりが良く明るい南フランスらしいタイヤショップである。

店舗前に駐車すると一人白いつなぎを着た人が外に出て来た。

「私はオリビエ・マッセと言います。この店を経営しています」

と自己紹介した。山田氏とジャンが、ニホンタイヤの説明をして、

「ムッシュ・マッセ、おたくはどこかのタイヤメーカーと提携しておられますか？　ニホンタイヤを取り扱うことは可能ですか？」

と、この店での取り扱いを打診した。それに対してマッセ氏は、

「我々はどのタイヤメーカーとも特別な提携関係はありません。完全な独立系でこのニース、カーニュ、カンヌにショップを展開しています。だからどのブランドも取り扱うことは可能で

すが、この南フランス地方のタイヤ販売は他の地域とは違います」

「どう違うのでしょうか、教えて下さい」

　と、山田氏が尋ねた。

「この地域に住む人はお金持ちが多いのです。だから持っている車も、今ピットに入っているようなドイツとかイタリーのスポーティーな車が多い。タイヤも超扁平のスポーツタイプが必要です。そういう特殊なサイズのタイヤはありますか？」

「はい、ポルシェ用もフェラーリ用も揃っています。技術承認も取っています」

　山田氏が自信を持って答えた。

「それはいい。ポルシェやフェラーリの技術承認を取っているタイヤは少ないです。ピラリーぐらいかな。技術承認を取っていなければ、取り扱うことはできません」

　我が先輩タイヤたちが大変な思いをしてポルシェに認められ、その勢いでベンツ、ＢＭＷ、アウディやフェラーリ、ランボルギーニの厳しいテストに合格して来た苦労が、遠い南フランスで報われようとしている。良かった、と私はマッセ氏の話を聞いていて思った。

　フランスにもフランソワタイヤ一辺倒でないところがあるというのは驚きだ。

「はい、ドイツやイタリーの新車メーカーの技術承認だけではなく、主要なチューナーの技術承認も取り、西ドイツでは車検証に当社のスーパーサムライが掲載されています」

　と、山田氏が勢い込んで説明した。

「ほう、どんなチューナーですか？」

ムッシュ・マッセは、その時ピットに入って来たランボルギーニのお客を見ながら聞いた。

「はい、例えばルフ・ポルシェ、クレーマー・ポルシェ、ＡＭＧメルセデス、ブラバス、アルピナ、イルムシャー、シュニッツァー等です。ご存知と思いますが、西ドイツでは、こういう高性能、超高速の車は承認を取っておかないと車検を取るのが面倒です。何しろ速度制限がありませんから、いいかげんなタイヤを装着されたら事故に繋がります」

山田氏はムッシュ・マッセの目をじっと見ながら説明した。

「それは素晴らしい。早速テスト販売をしましょう。後ほどサイズ別の必要本数を連絡しますよ、ムッシュ・ヤマダ」

「はい、では我々からは別途価格をオファーします」

「おねがいします。でもこの地区のもう一つの特徴として、価格はそう重要ではありません。価格で購入する人はいません。あくまでも品質と信頼性です」

山田氏は我が意を得たとばかりに、

「ニホンタイヤは品質と信頼性には絶対の自信があります。ありがとうございました。ムッシュ・マッセ」

と、言った。

遠いところにはるばる来た甲斐があった。我々サムライの仲間が販売される一つの拠点が見つかった訳である。

二人はニースのあと、マルセイユ、モンペリエ、リヨンのタイヤショップを訪問し、山田氏とジャンはニホンタイヤの取り扱いを打診したが、ニースのような良い回答は得られなかった。パリへの帰路は、ずっと太陽のオートルートを北へ戻った。私はあの恐怖のナポレオン街道の山坂カーブを再び通らずに済んでほっとしていた。


パリに戻り、山田氏のアパルトマンに駐車をすると、早速隣のエックスが私の出張の成果を聞いてきた。今夜は左隣のＢＭＷも駐車しており、装着タイヤのコンチネントも話に加わった。私が、フランス市場はフランソワタイヤ一色だと思っていたら、南フランスは違っていたことを説明すると、エックスは、

「あそこは別荘地帯であるし、モナコやイタリー国境に近いから一般のフランス市場とは確かに違うね。その意味ではおたくのご主人の目の付け所は良かったのかもしれない」

と、珍しく弱気の発言をした。一方、コンチネントタイヤは、寂しそうな顔をしてつぶやいた。

「確かに南フランスは高級車やスポーツカーが多く、フランソワタイヤでなければタイヤにあらずという考えはないなあ。純粋に性能で勝負できる。だけど我がコンチネントタイヤは、ポルシェとかフェラーリの承認を取っているサイズが少ないので、南フランスではあまり売れな

いんだ。それが残念だよ」

私はコンチネントタイヤのつぶやきを聞いて、我が先輩のサムライ第二世代がポルシェの技術承認に挑戦した時の苦闘の歴史を思い出していた。それは一九七〇年代後半のことであった。

十一　ニュルブルックリンク

サムライ第一世代が欧州市場参入に挑戦したのは一九六〇年代と古い。しかし西ドイツでの超高速走行時のハイドロ・プレーニング（水上滑走）問題及び英国でのウエット路面でのスリップ事故発生と結果は惨憺たるもので、あえなく撤退の憂き目にあった。

それから十年以上の歳月を新技術の開発に費やして、ニホンタイヤ株式会社は再び欧州への上陸挑戦を試みた。

再挑戦に当たっては、まず欧州というより世界のスーパースポーツカーの頂点に立つポルシェでの技術承認を取得する道を選んだ。

技術的に最も厳しい洗礼を受けると同時に、その承認を錦の御旗として欧州市場に参入するという作戦に出たのである。

ニホンタイヤの東京中央研究所内に、特別に空調されたタイヤ試作工場がある。そこで生産されたサムライ第二世代のテスト用タイヤが、西ドイツのニュルブルックリンク・サーキットへ送り込まれたのは一九八〇年三月末であった
タイヤは皆黒くて丸いから同じように見えるが、中身はそれぞれ微妙に違っている。

タイヤ内部にはカーカスプライと呼ばれる有機合成繊維が放射状に配列され、それをベルト

と呼ばれるスチールコードで締め付けている。ベルトの上にはさらに合繊コードを周上にぐるぐる巻きしてもう一度締め上げ、その外側がゴムで覆われてタイヤの形になっている。

ゴムといっても単純なものではない。天然ゴムや合成ゴムにカーボンブラックその他の化学品が複雑に配合されて、コンパウンドを形成している。

その中のカーボンブラック（すす）が、ゴムを強化すると共に、タイヤを皆同じように黒くしている訳である。

スチールコードの配列の角度や、コンパウンドの配合剤、さらにパターン（タイヤ路面の溝や模様）等々を少しずつ変えた十種類のスペックがテストタイヤとして供された。

サムライ第二世代はポルシェという車の技術承認試験に送り込まれる前に、厳しい社内選抜試験をクリアーしなければならない。十種類のスペックの中から、最も良いものが選ばれて、ポルシェに供給されることになる。

目標とする車種はポルシェ九一一ターボ一九八二新モデルであるが、勿論この時点ではこの勇姿は現れていない。

社内選抜が行われた場所は、西ドイツ北西部のケルンに近いアイフェル地方にあるニュルブルクリンク・サーキットである。

古城ニュルブルク城を抱く丘陵地を切り開いて作られた森の中のサーキットは、一周二二・

八キロメートルと世界に類を見ない長距離の中に、あらゆる種類のカーブ、アップダウンを含み、ドライバーとマシン、タイヤ泣かせの超難関コースである。

あまりにも厳しいコースであるために、一九七六年のフォーミュラワン・グランプリではニキ・ラウダがクラッシュしマシンが炎上するという事故が発生した。フェラーリに乗ったニキ・ラウダが高速コーナーでコントロールを失い、コースアウトしてフェンスを突き破り、岩に衝突した。そして火を噴きながら、コース中央まで跳ね返されて停止したのである。

これによってニキ・ラウダは大やけどを負い、数日間生死の境をさまよったという。それ以来この長距離コースはあまりにも危険だということで、フォーミュラワンレースには使われていない。

そういう歴史を持った、非常に厳しい条件のコースを使ってタイヤの社内選抜評価は行われた。

テストドライバーとしては、元日本グランプリのトップレーサーであった岩本孝が起用された。

使用する車両はポルシェ九一一ターボ一九七九モデルだ。

出力二六五馬力、排気量三リッター、最高速度は時速二六〇キロのまさに乗用車というよりマシンと言った方がいいほどの車である。

タイヤはフロント205/55VR16、リア225/50VR16の超扁平サイズが装着された。

サイズの205とはタイヤの幅が205㎜を表す。55は扁平率が0・55という意味で、タイヤの高さと幅の比である。16はホイールの直径が16インチを意味する。ちょっとややこしい。評価方法はサブジェクティブ・テストと呼ばれ、テストドライバーのフィーリングによるものである。

空気圧がポルシェ九一一ターボの標準であるフロント、リア共に二・五バールに設定されて、それぞれのテストタイヤスペックでニュルの二二・八キロメートルのコースを一周慣らし走行をした後、二周本番走行を行う。

テストドライバーの岩本はレース仕様の難燃性オーバーオールと底の薄い靴を履き、フルフェイスのヘルメットをかぶってポルシェ九一一ターボに乗り込んだ。車内にはロールバーが装備され、転倒しても車がつぶれないようにしてある。

スタートした。一周目は慣らし走行とはいってもピットを出るといきなりフルスロットルで坂を下る。テストタイヤは必死でニュルの路面をグリップする。下りながら右カーブに入る。岩本がギアを目まぐるしく切り替える。ぎりぎりのコース取りをするので、タイヤは路肩にはみ出しそうになる。

カーブを切り抜けたあと、下り直線があり一気に速度が上がる。直線は長くはなく、すぐにS字カーブに入り、ギアが忙しく落とされる。車はまた外に飛び出しそうになるが、タイヤはこらえながらドリフトする。

矢継ぎ早に現れるコーナーを一つ一つ切り抜けて行く。今度は上り坂に入る。坂の頂上から先は右に曲がっているのか、あるいは左なのか見えない。いかにプロのドライバーとはいえ、百七十もあるコーナーをすべて覚えている訳ではない。だが岩本は見えない先に向かって躊躇なくアクセルを踏み込み猛スピードで坂を上る。

頂上に来たらそこから右にほぼ直角にカーブしながらの下りであった。下りだからスピードはさらに上がる。下りきったら次はヘヤピンカーブだ。岩本はギアを素早く落とし、アクセルとブレーキを同時に踏み、回転を保ちながら、スピードを下げアウトからカーブに突っ込んでいく。

アウトから入ってインに抜け、カーブの出口でまたアウトに向かうと再び一気に速度を上げる。広い直線路に出ると最高速でレーンを外から内にチェンジする。

有名なニュルブルクリンク・サーキットとはいえ、路面はそんなにスムーズではない。時々アンジュレーションがあって車は跳ねる。跳ねたあとの着地でもタイヤはすぐにしっかりと路面にへばりつかなければならない。

そして最後の長い直線を迎えた。岩本は最高速で右に左にレーンチェンジをする。そのたびにテストタイヤはキーキーとスキール音を立てる。

ようやく一周目の慣らし走行が終わりピットに戻って来た。岩本が遠井雄介エンジニアに、

「今のラップタイムはどのくらいだった？」

と聞いた。

遠井はニホンタイヤ東京中央研究所から出張滞在している若手設計エンジニアである。若手ではあるが、このプロジェクトの担当責任者に選任されている。

「十分四十二秒で、平均一二八キロです」

歯切れの良い声で遠井が答えると、

「まあまあだね。でもタイムを競っている訳ではないからね」

と岩本はさりげない。軽く流したという感じだ。これがまだ慣らし走行である。

空気圧がピタッと適正圧に再調整されると、慣らし走行が終ってややへたった感じのテストタイヤはまた生き返る。

本番テストが始まった。

岩本はピットを出ると二六五馬力という大型トラック並の巨大出力を一気に吐き出しながら最初のコーナーに突っ込んでいった。意外にすっと切り抜けることができるが、これが慣らし走行の効果なのか。

その後のタイトコーナーや高速レーンチェンジでも、スピンやコース外への脱落等のトラブルはなく二周、三百四十カ所以上のコーナーを無事に切り抜け、本番走行を終えた。

岩本は車から降りてすぐに評価シートに結果を記入する。フィーリング評価であるから、ドライビングの感覚が残っているうちに、記入しなければならない。

「直線走行安定性は良い。レーンチェンジ時に尻を振る。カーブでアンダーステア気味。ハンドルの切れは良いが限界付近で急に滑る」

と、かなり厳しい評価である。遠井エンジニアがそのコメントについて一つ一つ意味を確認した。

その間に評価用タイヤは、ドイツ人フィッターによって次のスペックに取り換えられる。

次々とテストが行われ、四番目のスペックがテストされたあと、岩本は、

「直進走行安定性は非常に良い、コーナーへの入りも出もスムース、レーンチェンでのふらつきやキョトキョト感もない、総合的には今まで走ったスペックの中では、差はわずかだがベストだね」

と、言いながら、

「遠井君、ラップタイムは？」

と聞いた。タイムを競っている訳ではないと言いながら、やはり気になってしまうのは岩本のレーサーの血なのか。

遠井が、

「本番二周目が十分十二秒、平均一三四キロでした」

と答えると、

「うん、やっぱりまあまあのタイムが出たね」

と言いながら、岩本は次のスペックのテストへ移った。

次々とテストが実施されていく。岩本は緊張の連続がやはりこたえて来たのか、七、八番目ぐらいになると、

「おい、遠井君、どれも似たようなもんだ。変わり映えしないよ。俺は疲れた」

と弱音を吐きだした。

九番目のスペックの本番二周目の時であった。

ピットに戻って来る時間になっても来ない。チームメンバーたちの顔に緊張が走る。遠井が、

「何かあったな、コースへ行こう」

と言って，連絡車のルーフに非常ランプを付けてドイツ人スタッフと共にコースへ出て行った。

なかなか戻って来ない。こういう時に距離の長いコースは不便である。調査でも救助でも時間がかかる。

ピットに戻って来るまでに一時間ぐらい経過し、もうニュルの森には日暮れが訪れようとしていた。まだ冬時間のニュルは四時には暗くなる。

ようやく戻って来た試験車ポルシェのサイドがへこんでいる。

ポルシェから岩本が降りて来た。連絡車からも遠井がヘルメットを外しながら、

「岩本さん、大丈夫ですか？」

と聞くと、

「ああ、何ともないよ。だけどこのスペックは問題外だな。コーナーで何度も外へ飛び出しそうになりながら、何とか持ちこたえていたが、後半の直線前のタイトコーナーでついにコースアウトして、防護壁にぶつかってしまった。明日のテストは大丈夫かなあ、遠井君」

岩本が心配そうにポルシェを見回している。

「車のダメージはたいしたことはなさそうですから今夜中に補修できるでしょう。さて今日の結果ですが、残りの一種は今事故を起こしたスペックと似たようなものですから、もうテストの必要はないと思います。テスト済みの八種の中から明日の最終選考テストに残す四種を選んで下さい」

そう遠井が言うと、岩本は評価シートを見直して四種を選んだ。

残りのいらなくなったテストタイヤはホイールから外され、切り刻まれて棄てられる運命となる。

翌日の第二次テストは、ポルシェの技術承認試験へ投入するための最終選考となるが、この日は朝から雨であった。ドイツで常に晴天を期待するのは無理だ。遠井エンジニアはむしろ雨を喜んで、

「岩本さん、手間が省けて良かったですね。ウエット路面での評価はニホンタイヤのプルービ

ング・グラウンドで充分にやってはいますが、やはり実車での超高速テストは、いずれはここでやらなければならないと思っていました。四種のスペックからポルシェ承認試験に投入する一種を選んで頂きます。その選択条件がウエット路面となった訳です。それでいいですか？」

「ああいいよ。選ばれた四種は昨日のドライではほとんど差がないから、ウエット性能での勝負ということになるね」

岩本は煙草を吹かしながら、雨空を見上げて答えた。

激しい降りではない、こぬか雨がニュルの路面を濡らしている。コースまわりの森が雨に霞んで見える。

ピットには四種のスペックがそれぞれ四本ずつホイールに組まれて並べられている。

夜のうちにサイドの凹みが修理されたポルシェ九一一ターボがピットに入り、四種のうちの一種が早速装着され、空気圧がフロント、リア共に二、五バールに正確に調整された。

レーシングスーツ、シューズに身を固めた岩本がフルフェイスのヘルメットを被りながらポルシェに乗り込んだ。エンジンはもうアイドリングで充分に暖まっている。

岩本は乗り込むと躊躇なくピットを飛び出し、一周目の慣らし運転に入った。昨日とは違い、路面が濡れているから最初のコーナーには慎重に入り、右へターンする。そしてもうわかったという感じで、次の左カーブへ向けてアクセルをふかしアウトからインへ鋭く切り込んだ。タイヤが濡れた路面に滑りそうになると、彼は素早くハンドルを修正する。

それからはテストタイヤにとっては冷や汗の連続となりながら、ようやく一周目を終えた。やはり雨のサーキット走行はかなりの滑りの危険が伴う。

だがこれがドイツのみならず欧州へのタイヤ事業へ参入するための最も重要な関門である。先輩タイヤたちは約十年前、欧州からあえなく撤退させられた。それはこの濡れた路面でのグリップ不足やハイドロ・プレーニングで、ドライバーに車のコントロールを失わせてしまったのが原因である。

ピット内で空気圧が再調整され、いよいよ本番走行に入った。

岩本は、一周目でコースの濡れ具合を理解したとみえ、いきなりスピードを上げて第一コーナーに突っ込み、ギアを忙しくシフトしながらコース取りをしてコーナーをクリアーする。またすぐに次のコーナーが目の前に来る。同じ操作を繰り返し左へ抜けると、息をつく間もなく今度は下りのコーナリングを強いられる。彼はハンドルとギヤ、アクセル、ブレーキを同時にあやつりながら切り抜けて行く。

時々コーナーで外にはじき出されそうになるが何とかクリアーしていった。

最終コーナーを抜け最後の直線に入った時に、路面の凹みの水たまりにフロント右のタイヤが突っ込んでしまった。岩本があえて突っ込んだのかもしれない。

フルスロットルに近い回転で突っ込んだテストタイヤに水が激しく、楔のように路面との間に侵入してくる。最もハイドロ・プレーニングが起きやすい状況である。

水の上に乗ってしまったら終わりだ。

タイヤは溝を使って素早く後ろと横に排水し続けるが、水は執拗に食い込んでくる。ついに水の上にほんの少し浮いてしまった。このままでは車のコントロールがきかなくなってしまう。テストタイヤはもう一度排水を試みて、ようやく路面との接触を取り戻した。

そうして何とか最後の直線をクリアーし、ピット前を通過、本番二周目に入った。

岩本は緊張の糸を緩めないが、心理的に一周目とはずいぶん違って、勝手知った作業という感覚で走り抜けて行った。

二周の本番走行を終え、岩本はピットに戻ると、車から降りながらヘルメットをとり、すぐに評価シートに記入を始めた。

遠井もこれまた直ちに結果を知りたいと、シートを覗き込んで尋ねる。

「ウエットグリップは良ですか、優ではない理由は何ですか？」

「限界付近でずるっとくるんだよね。これがなきゃいいんだが……」

「なるほど、そうですか。ハイプレはどうでした？」

「ちょっと危なかったな。少し浮きそうになった」

引き続き残り三種のスペックのテストが実行された間、ニュルには春の小ぬか雨が降り続いていた。

すべての選別評価テストが終了すると遠井エンジニアが、

「岩本さん、四種類の中から一種を選んで頂けませんか」

「うーん、どれも同じようなもんだけど、しいて言えば三番目かなあ」

ポルシェ技術承認試験への投入スペックが決定した。だが岩本は、

「遠井君、言っとくけど、どのスペックも似たり寄ったり、つまり五十歩百歩だよ。いや五十歩五十歩かな。これじゃあとてもポルシェの承認試験に合格するとは思えないね。悪いけど」

岩本は煙草の煙を吐き出した。

「岩本さん、それはないでしょう。これには今ニホンタイヤが持っている最高の材料、最高の構造が採用されているんです。これでだめだったら僕たちはどうすれば良いのかわかりませんよ」

遠井はすがるように言った。

ピットの外には雨が降り続き、コースの路面に跳ね返って白くしぶいていた。冷たい雨だった。

「最高の技術かどうか俺は知らないよ。俺の役目は、乗ったタイヤの性能がいいかどうか、どこがいいのか、どこが悪いのか、を評価することだ、遠井君」

と言って、岩本は煙草を灰皿にぐりぐりと押し付けた。

「あなたはレーシングドライバーだから、レース用タイヤのつもりで評価されているんではありませんか？　このタイヤはポルシェ用とはいえ、一般のドライバーが乗るんですよ。あなた

とは全く運転のレベルが違うんです。その観点で評価してもらわないと困ります」

遠井は少しエキサイトしている。困難な開発に追い詰められているようであった。しかし岩本は、

「遠井君、欧州の一般ドライバーの運転技術は、君が考えているようなレベルではない。特にポルシェに乗るような人は、俺たちのようなプロのドライバーも負けるくらいの運転技術を持っているんだ。それが欧州の車社会だよ」

遠井は下を向きながら頷いた。岩本はそれを見て続けた。

「欧州人は皆、子供の頃からスピードに慣れ親しんでいる。その中でも特にドイツ人はアウトバーンで目いっぱいスピードを出す。ポルシェの所有者はその最高速度が二六〇キロなら、二六〇キロ出そうとするんだよ。ポルシェ社のテストドライバーはその一般人の頂点にいるような人たちのはずだ。見くびってはいけない。日本の高速道路で一〇〇キロ程度でとろとろ走るのとは違う世界だ」

と、冷たく言い放った。

「岩本さん、失礼なことを言ってすみませんでした。現時点であなたが考えるこのタイヤの欠点を教えて下さい、ポルシェへのテスト投入前にできるだけチューンナップしたいと思います」

と、遠井は謙虚な心に戻って言った。岩本は、また点けた煙草を吸いながら、少し考えて、

「やっぱり問題はハイプレ（ハイドロ・プレーニング）だろうなあ」

と答えた。

遠井は、

「よくわかりました、岩本さん」

と言って、スタッフたちと片付けを始めた。

テスト結果は東京中央研究所へ持ち帰られ、今回評価テストで見つかった長所欠点が再分析されて、さらなる改良が加えられた。

特にハイプレについては一段とレベルアップされて、技術承認試験の受験タイヤとしてポルシェ社に送り込まれた。

十二　バイザッハ

西ドイツ南西部、バーデン・ヴュルテンベルク州のシュトゥットガルト市にポルシェＡＧの本社があり、そこから少し北西に行ったところにバイザッハという小さな町がひっそりと存在する。この田舎の町にポルシェの心臓部ともいうべき研究開発部がある。

納入された受験用タイヤは、この研究開発部のワークショップで九一一ターボに装着されていた。ワークショップには多くのポルシェ車や部品がところ狭しと置かれ、その中には他社のタイヤも数本置いてある。

そのワークショップにニホンタイヤの遠井エンジニアとドイツ人のクラウス氏が、ポルシェのテストドライバーであるベッカー氏に案内されて現れた。

クラウス氏は、西ドイツで雇われたニホンタイヤのローカルスタッフであり、通訳を兼ねて遠井に付き添っている。

ワークショップの先には広大なテストコースが見える。

「研究開発部にテストコースが隣接しているとはさすがポルシェですね」

と遠井が羨ましげに言った。

ベッカー氏はニホンタイヤが装着されている九一一ターボの横に来ると、遠井にヘルメットをつけて助手席に乗るように促した。そして彼自身はヘルメットなしで運転席に乗り込み、エンジンをかけながら言った。「乗ってこのタイヤがだめな理由を感じてね」不合格と言うことだ。

エンジンが温まるのを待つ間に、遠井がベッカー氏に聞いた。ベッカー氏はドイツ人には珍しく英語がわかるようだ。

「ヘルメットはつけないんですか？　ベッカーさん」

「あなたはお客さんだからヘルメットなしという訳にはいかないが、我々は普段はつけないよ」

と、ベッカー氏は答えた。

この走行はポルシェにとっては特別ではなくて普通であることが、やりとりでわかる。

「ベッカーさん、お尋ねしますが、うちのタイヤのどこが問題なのか教えて頂けませんか。それがわかれば我々は世界で最もポルシェにマッチしたタイヤを作れますから」

遠井は聞いた。

「それは言えないね。その代りに今からあなたがデザインしたタイヤでの走行を体験させるからそれでわかってほしい」

ベッカー氏は言いながら車をスタートさせた。コースは一周三キロメートルぐらいの中に、直線と多様のカーブが揃っている。

彼は直線路に入るとエンジンをフル回転させスピードを上げるや否や、いきなり急ハンドルを右に切った。高速レーンチェンジの想定か。すぐにまた今度は左に切り返して元のレーンに戻ろうとした。普通のレーンチェンジのやり方ではなく、かなり乱暴な切り方である。車がゆらりと揺れた。こういう時にタイヤはいきなりグリップせずに、少しドリフトさせながら応えないと、車にローリングという揺れを発生させてしまう。グリップしてから少し緩めて滑らせる。またグリップして少し緩める。この微妙な力加減が、タイヤにとっては非常に難しい作業である。

ベッカー氏は何事もなかったようにそのまま走り、二周したところでワークショップに戻った。そして、

「わかった？」

と、片目をつぶり、

「はいこれで終わり。ご苦労さんでした。いいタイヤを作ってね。あっ、それからこのタイヤは持って帰ってね」

と言いながら、二人と握手をしてオフィスへ去って行った。

受験用タイヤは直ちに車から取り外されて、遠井とクラウスが乗って来たレンタカーに積まれた。

フランクフルト空港までの車中、遠井とクラウスは今後の対策を話し合っていたが、何しろベッカー氏は何が問題なのかは言ってくれなかったので結論は出せなかった。

遠井エンジニアは、フランクフルトから帰国すると、東京中央研究所に直行しタイヤ設計を一から見直した。ゴム、配合剤、スチールコード等の原材料も再チェックをし、改めて社内テスト用の改良スペックを試作した。

遠井は改良スペック品を船便で送っては時間がかかりすぎるので、航空手荷物として持って行くこととして、再び成田からフランクフルトへ飛んだ。

手荷物で持ち込めば三〇キロ、つまり三本か四本まではエクセスは取られないので、その分費用を削減できる。着替えなどの遠井個人として必要な荷物は極力減らし、その分をタイヤの手荷物に充てた。

遠井は、ニュルブルクリンクで岩本ドライバーと落ち合い、評価走行を繰り返した。空気圧も少し変えて性能がどう変化するのか、と同時に、タイヤの性能を最も引き出せる最適空気圧を見出すのも評価のチェックポイントとした。

こうして何度かサーキットを周回したが、岩本は首を横に振るばかりであった。

岩本は、自分が評価して百点は出さなかったものの、一応合格点を与えたスペックが、ポルシェであっさりと不合格となったことに、プロドライバーとしてのプライドを著しく傷つけられていた。だからおのずと評価はより厳しくなった。

改良スペックは何度も何度も走らされて、顔はささくれてしまった。

ニュルでのテスト結果を日本に持ち帰り、また設計をやり直し試作する。そしてそれをニュルに持ち込みテストする。

それを何度か繰り返すうちに、年を遥かに越して一九八一年も初春を迎えていた。裸になっているニュルの森の木々に新芽がつき始めた。

ポルシェ九一一ターボ一九八二モデルへの承認、装着を目指すには、時間的余裕のない状況になって来た。

そんな折、岩本がテストの合間に一服しながら、テストタイヤをじっと見つめた。

「こいつには世界最高級の材料と形状、構造が使われているんだよなあ。でも何かが欠けてる気がするんだ」

データを整理していた遠井が、それを聞きのがさず、

「岩本さん、どういうことですか？　何が欠けていますか？」

と、聞いた。

「うーん、何だろうなあ？」

岩本は曇り空をじっと見上げた。

「タイヤの設計で重要な四大要素である材料、構造、形状とパターン（タイヤ踏面の模様）はすべて押さえたつもりなんですが」

「遠井君、あんたはまじめだし優等生なんだよ。だからすべてをまんべんなく優等生に造ってしまう。そこに何かヒントがありそうだな」

空を見上げたままでつぶやくように言った。

「私は優等生ではありません。でもおっしゃる通り、私はあまり遊びの設計はできないんです」

「そうだなあ、原点に戻ってみようか。このタイヤはポルシェを目指している訳だよな」

岩本はテストタイヤの頭を撫でて続けた。

「ポルシェという車はスポーツカーなんだよ。でもこのパターンデザインはスマート過ぎて、あまりスポーティーではないね。車と合ってない感じがする。もっと異端で挑戦的にしたいね。外観がもっと車にマッチして、それによって性能が一段アップすればいいんだけど。君には無理かな」

岩本はもう一本煙草を取り出して火を付けながら続けた。

「先日、ニホンタイヤの技術担当専務と話をした時に、何で若い君をこのプロジェクトの担当責任者に選んだかの理由を言っていたよ」

「えっ、何ですかそれ」

遠井は素っ頓狂な声をあげた。

「専務は言っていた。『こういう新しいことに挑戦する時は、過去と現在の延長線上に未来を想定しては駄目だ。その線から外れた発想が必要だ。その意味であえて経験の浅い遠井君を選んだ』とね。そういう理由で君が選ばれたんだから、君はもっと創造性、遊び心を持たないとこのプロジェクトは成功しないんじゃないかなあ」

岩本は遠井を見て片目をつぶった。

遠井は、

「岩本さんありがとうございます。私の欠点をずばり突いて頂きました。もう一度原点に戻って考え直します」と、勢い込んだ。

「ポルシェの一九八二モデルに装着してもらうのにはあまり時間がないから、余計なことを言ったかもしれないが、がんばってよ」

岩本は言いながら、煙草の煙の輪を吐き出した。

十三　ディレクショナル・パターン

何度目になるのだろうか。

木々の葉が生い茂って丘を包み込み、とてもサーキットとは見えないニュルの森に、ニホンタイヤのテストチームの姿があった。

いつものようにレーシングスーツで身を包んだ岩本ドライバーは、すでにテスト車ポルシェに装着されているディレクショナル（方向性）のユニークなパターンで生まれ変わったテストタイヤの新スペックを見て、

「これはまさに挑戦的なパターンだよ。サムライの名に恥じないだろうし、ポルシェにはぴったりだね。早く乗ってみたいよ。よくこのパターンを思いついたね、遠井君」

と、テストする前から気に入った様子だ。

「はあ、実はひょんなところで貴重なヒントをもらったんですよ」

遠井はテストタイヤの頭を撫でながら続けた。

「設計部の同期の送別会が会社近くの居酒屋でありました。農業用タイヤの設計担当の女性ですが、結婚で退社することになったのです。女性では珍しいタイヤ技術者で、結構熱心に農家回りをしてタイヤに対する意見を聞いたりして、お百姓さんたちに人気があったそうです。会

社としてはこんな人材を失うのは、すごく痛いと思うのですが仕方がないですね」

岩本は、「ニホンタイヤにはユニークな女性社員がいるもんだね。それでどうしたの？」と、聞いた。

「彼女と話をしているうちに、タイヤパターンの件になりました。私が農業トラクターの駆動軸用のタイヤパターンについて『あの高下駄のようなパターンはどうして八型になっているの？』と彼女に聞きました。そうしたら彼女は『それはね、高下駄の歯が二型に平行になっていたら、歯と歯の間に泥が詰ってしまって牽引力が出ないの。だけど八型だったら、回転しているうちに常に泥が外に逃げて行ってくれるから詰らない。だから牽引力が保てるのよ』と言いました」

「そうか、それでディレクショナル・パターンなんだな」

煙草に火を点けながら、岩本は合点の表情を浮かべた。

「そうなんです。彼女の話を聞いて私は、泥が逃げるということは水も逃げるはず、とピンときました。それですぐに送別会を抜け出して会社に戻ったのです。図面台に向かって八を基調にした方向性のある、つまりディレクショナル・パターンをいくつも描きまくったのです。その結果がこの試作品です」

岩本はうんうんと頷き、

「これならスポーツカーに相応しい力強さがある。しかも、何よりもウエット走行時に、タイヤと路面の間に入って来る水がタイヤの下に留まらずスムースに抜けてくれる気がする。その分ブロックを大きめにできるので、ドライでのグリップも良くなるんじゃないかなあ」

と、いつものように煙草の煙の輪を吐きながら言った。

この日のニュルには春の、少し冷たいがさわやかな雨が降っていた。ウエット性能を評価するにはもってこいのコンディションである。

岩本がヘルメットをかぶりポルシェ九一一ターボに乗り込んだ。エンジンはすでに暖まっているので、岩本はピットを出ると躊躇なくアクセルを踏み込んだ。回転が一気に上がる。

早速最初のコーナーからタイヤのウエットグリップが試される。

だがこの新スペックはパターンからの水捌けが良いので、十分に路面を摑み、拍子抜けするほどにスムースに曲がれた。直線路の水溜りでも、入って来た水が八の字に沿った溝から外に流れ出てくれるので、路面をきっちりとグリップし続けてくれる。コースを三周したあと、早速岩本は遠井に評価結果を告げた。

「これなら自信をもって行けそうだね、遠井君。あと早く雨が止んでくれてドライのテストができるといいな」

翌日雨は上がったが路面が乾くまでしばらく待たされた。

午後になって、すっかり晴れ上がったニュルの森の中で、岩本はこれでもかこれでもかと激しく攻めるドライビングをした。

タイヤのパターン、つまり人間で言えば顔、これが挑戦的になれば性格もそうなるのだろうか。テストタイヤも激しく応えて路面をグリップした。走行後、岩本はさりげなく、

「うん、このスペックをポルシェに送り込んでいいんじゃないかな」

と、つぶやいた。

これを聞いた遠井の目から涙がこぼれ、ポトリと新スペックの頭に落ちた。

だがこれで安心できる訳ではない。まだポルシェという壁が立ちはだかっている。

ドイツの暗く寒く長い冬を越して春を迎えても、まだまだ冬の続きという感じが抜けない。だが、復活祭を境に季節は一気に夏を迎える準備に入る。時間も夏時間に変わり、日没が急に遅くなってきた。

陽は長くなったが、一九八二モデルへの技術承認を取るには猶予のない状況になっていた。これが最後のチャンスであろう。

パターンも含めてすべて最新のスペックで武装された受験用タイヤは、再びバイザッハのポルシェ開発部へ送り込まれた。

同時に、この新スペックの切れ味を最大限に発揮させるための最適空気圧として、フロント二、六バール、リア二、四バールがニホンタイヤによってポルシェ側に提案された。

ベッカー氏を中心としたポルシェのタイヤ技術承認チームは、パターン、構造、材料が一新

された受験用タイヤをあらゆる角度から厳しく評価をした。

はたして合格するのか？　それともまたもや、はね返されるのか？

再びポルシェのベッカー氏を訪問した遠井エンジニアとクラウス氏は、早速ワークショップに案内された。そこにはポルシェテストカーに装着されたままの姿の受験用タイヤが佇んでいた。この時ポルシェのハンドルは右一杯に切られており、受験用新スペックのパターンはタイヤハウスからはみ出ている状態であった。この姿勢だと、タイヤのパターンと車のデザインとのマッチングがよくわかる。

そこでベッカー氏が新スペックをやさしく撫でて、

「このパターンはいいですねえ、九一一ターボによくマッチしていると思いますよ。短期間によくここまで進化させてくれました。性能も合格です」

と言って遠井、クラウスと握手をした。

遠井は信じられないという顔で「サンキュー、ダンケシェーン」を繰り返していた。

受験用新スペックがポルシェからの技術承認を得て九一一ターボの一九八二モデルに新車標準装着されたことは、日本製タイヤとしては初めての快挙であった。

承認スペックは〈スーパーサムライ〉の正式名称で、ニホンタイヤの旗艦商品として西ドイツ、英国を中心とした欧州市場へ送り出された。

また、これを弾みとして、乗用車用タイヤのみならずトラック用タイヤも同時に欧州全域への正式参入を決定した。

タイヤ技術の先進市場である欧州への進出はニホンタイヤ株式会社にとって一九六〇年代からの悲願であった。それは十年余の歳月を経てようやくこうして現実のものとなり、その後、究極の目標であったフランス市場への進攻作戦実行にも繋がっていったのである。

十四　都落ち

山田氏の住むアパルトマンの駐車場で、私はニホンタイヤが欧州へ再挑戦するために、ポルシェの技術承認取得を目指して苦闘した当時の歴史を振り返っていた。

と同時に、その努力を糧に究極の目標であったここフランス市場の入口に到達できたことを改めて認識し、気が引き締まる思いであった。

山田氏はフランス人スタッフであるジャン・リブネと共に、吉田部長の指示通りに、販売拠点の開拓を地道に進め、ニホンタイヤを扱ってくれるタイヤショップは二百店を超えるに至った。しかし五万店のうちの二百店ぐらいではフランソワタイヤの牙城を脅かすどころか、吹けば飛ぶような存在でしかない。

山田氏はこのチャネル開拓のやり方に疑問を持ちながらも、コツコツと一軒一軒の訪問開拓を進めていた。

そんな折に東京本社から吉田本部長が約一年半ぶりに、再びパリを訪れた。迎える空港はパリの南にあるオルリー空港であった。

吉田氏は前回訪問時の欧州担当部長から昇進し、今回は欧州・中近東・アフリカ担当本部長としてのパリ出張であった。

前回と違って服装はラフだが、駐車場の灰皿に寄るとマールボロを取り出して、ジッポのライターで火をつけるキザな仕草は変わっていない。

「アフリカ出張の帰りに一泊寄っただけだ。君に話があってな」

吉田本部長は、一服深く吸い込んだ煙を、口と鼻から出しながら、あの甲高い声で言った。

主人に何の話だろう、と私は車の下から注意深く見つめていた。

「お話とは何でしょうか？　本部長」

「私がわざわざパリに寄ったということは、察しがつくと思うが君の人事のことだ」

吉田氏が難しい顔でそう言った時に、三人の若い白人系男女がタバコを吸うために灰皿を囲んだ。

「ああ、そうですか。私はパリに来てまだ二年しか経っていませんので、移動にはまだ早いと思うのですが」

山田氏は、四人の煙に囲まれ、煙そうにしながら言った。

「その移動の話だ」

「えっ、帰国ですか？」

「そうではない、移動だ」

吉田氏の言い方は相変わらず高飛車である。

「ということは、他の国または地域ですか？」

「私は今度欧州だけでなく、中近東・アフリカも見ることとなった」

「ああそれは東京の担当部署から連絡があったので存じています。ご昇進おめでとうございます、吉田本部長」

山田氏は深く頭を下げた。

「ああ、ありがとう。一服したからそろそろ行こうか」

吉田氏はそう言って、山田氏が助手席の扉を開けようとするのを無視して、後部座席に乗り込んだ。本部長というのはそんなに偉いのか？　と私は思った。

オルリー空港を出てパリに向かい、しばらくしたところで山田氏が切り出した。

「本部長、先程の件ですが、私の移動とはどこですか？」

「君は環境の厳しいところでも屈しない根性を持っていると判断した」

我々はポルト・ド・イタリーから環状道路に入った。

「で、どこに移動なんですか？」山田氏のハンドルさばきのわずかな揺れを私は感じた。

「単刀直入に言うが……」

何だ何だ、まさか北アフリカへ戻れと言うのではないだろうな、と私はやきもきして聞いていると、

「西アフリカのナイジェリアのラゴスだ」吉田氏のキンキンした声が響いた。

「えっ……」

と、山田氏は絶句した。と同時に私は、主人は吉田氏にやられたな、と思った。

吉田氏は話を続けた。

「ナイジェリアはアフリカの中で一番人口が多く、それだけ需要も大きい。しかも石油、天然ガスやその他資源も豊富で活気に溢れている。これから絶対に狙って行かねばならない市場だ」

「………」

山田氏は黙っているが、ハンドルから伝わる動揺は感じ取れる。

我々はポルト・マイヨーで環状道路を離れてグランダルメ大通りに入った。

「山田君、君は北アフリカそしてこのフランスと新規市場を担当してきて実績を上げている。その開拓者精神を発揮して今度はナイジェリアを中心とした西アフリカを開拓してもらいたい。西アフリカもまたフランソワタイヤの強い市場だ。君にはフランソワと徹底的に戦って欲しい」

いかにも尤もらしい理屈をこねているが、これは明らかに吉田部長の時に、主人の山田氏が物申したことに対する報復人事だ。山田さん、負けるな、サポートしますよ、と私は思ったが、実際にはどうすることもできない。情けない。

「はあ、そうですか、移動するとすればいつですか?」

山田氏の声に力がない。

「ビザが取れ次第、すぐだ。はっきり言ってナイジェリアの生活環境はこのパリとは比較にならない。しかし君はどんな環境に置かれても屈しない根性を持っている。それと実は私の大学の同輩が四葉物産のラゴス支店長をやっているので、彼が商売面のみならずプライベートでもいろいろと面倒見てくれるように頼んできた。だから家族を帯同しても安心なはずだ」

そうしているうちに、吉田氏との嫌な事故の思い出があるエトワール広場へ入った。私は、集中して慎重に石畳をグリップした。今日は雨もなく、石畳が乾いているのでいくらかは楽だが、気を許してはならない。山田氏も同じ気持ちのように、彼の運転から私は感じた。

広場からシャンゼリゼ通りへ出てすぐに右折し、ジョルジュ・サンク通りへ入った。

「本部長、ホテル・ジョルジュ・サンクへ着きました。明日はどうされますか、オフィスに寄られますか？」

山田氏は駐車場へ入らず、ホテルの入口の前に車を停めた。

「君に伝えることはそれだけだから、オフィスに寄る必要はない。明日東京に向けて発つので、ここから直接シャルル・ドゴール空港へ行きたい」

立派なユニフォームを着たホテルのドアマンがすぐに近寄り、吉田氏のスーツケースをトランクから出してホテルへ運んだ。

「それではフライト・スケジュールから逆算すれば、明朝十時にお迎えに参ります。それで充分間に合います。ラゴスへの転任については今少し考えさせて下さい」

と言う山田氏の言葉に、吉田氏はキンキン声で反応した。

「山田君、君は勘違いしているかもしれないが、これは打診ではなく転任指示であり問答無用だ。すでに社内決裁も済んでいる」

「……」

山田氏は答えることなく「おやすみなさい、吉田本部長」とのみ言ってホテルを去った。ホテルからアパルトマンへの山田氏の運転から、私には彼の心中を容易に察することができた。

アパルトマンの駐車場で、私は隣のフランソワタイヤ、エックスに早速そのことを報告した。

「それは吉田部長、いや本部長か、彼の報復人事だね。ひどい仕打ちだ」

私は部長の時の吉田氏と山田氏の口論を、前に話をしていたから、エックスはすぐに理解した。

「そうだな、それがしもそう思う。ナイジェリアがどういうところかは知らぬが、明らかに都落ちだ」

「僕も勿論ナイジェリアには行ったことはないが、仲間の話では気候は年中夏でじめじめしているし、部族間の対立があって治安も相当悪いと聞いている。そんな仕打ちをする会社なんか辞めた方がいいね」

またエックスはニホンタイヤをバカにした。

「おいエックス、これは会社が悪いのではなく、吉田本部長という人物の人格の問題だと思う」

私はエックスに反論した。いつもの展開だ。

「その人を本部長にしたのは会社だから同じだよ、サムライ君」

「いや、会社は悪くない、悪いのは吉田だ。しかしおぬしが言うように主人は会社を辞めるかもしれない、困ったことになった。ところでエックス、いつもそれがしがおぬしに出来事を報告しているが、たまにはおぬしからそれがしに報告したらどうだ」

確かにいつも私からエックスにその日の出来事を報告している。

「ぼくの主人はパリの市庁舎に努める公務員だから、毎日オフィスに行って定時に帰ってくるだけの生活だから、特に報告することはないんだよ。その点、君のご主人の生活は変化に富んでいるよなあ」

翌朝、山田氏は吉田本部長を迎えにアパルトマンを発ち、ホテル・ジョルジュ・サンクへ向かった。

マロニエやプラタナスの並木からは葉が一枚、二枚と欠け落ちて、季節はやがて暗く長い冬を迎えようとしている。

季節の移ろいに合わせたような山田氏の沈鬱な気持ちが、彼の運転からタイヤの私に手に取るように伝わってくる。

十時五分前にホテルへ着き、十時きっかりに吉田本部長をピック・アップする。遅れることは論外だが、あまり早く行き過ぎても、相手を慌てさせることになる。少し前に到着し、約束の時間きっかりに相手を迎えることが山田氏のやり方である。

「十時丁度だな、ありがとう山田君」

吉田氏はマールボロを深く吸い、鼻から煙を出しながら灰皿にもみ消し、ホテルを出た。ドアマンがすぐにシトロエンCXの後部ドアを開けた。吉田氏が乗り込むと、山田氏はドアマンの手にチップを握らせた。

「よく眠れましたか？　本部長」

「ああ、アフリカとの時差は少ないのでほとんど影響はない。おかげでよく眠れたよ」

「それは良かったですね」

ホテルからシャンゼリゼ通りに出て左折し、エトワール広場を旋回してグランダルメ通りに抜けた。

二年間、数えきれなく通って、もうすっかり慣れた道なので、つい油断しそうになる。だからこそ、より一層集中して、山田氏が無事に吉田本部長を空港に送り届けられるようにしなければならない。そう私は自分自身に言い聞かせていた。

二人は無言のままで、シャルル・ドゴール空港に向かっている。山田氏はこのまま会社の指令を受けるのだろうか？

吉田氏に何らかの返事をしなければならないのではないか、と、私がやきもきしていたところに山田氏が口を開いた。

「本部長、一つお聞きしたいのですが、私が去ったあと、このフランス市場上陸作戦はどうなるのでしょうか?」

　私は空港への路面を慎重にグリップしながら、耳をすませて吉田氏の答えを聞こうとしていた。

「乗用車用タイヤの上市は、この市場では無理と判断した。フランソワタイヤが強すぎるしマーケットが排他的でもある。頼りの日本車のシェアも三パーセントしかない。ドイツ車の強い西ドイツでも日本車シェアは一〇パーぐらいはある。英国はもっとだ。金をかけて知名度やイメージ向上対策をやっても大きな効果は期待できない。同じ金をかけるならば西ドイツや英国にかけた方が効率的である」

　これに山田氏はすかさず反論した。

「本部長、フランスでフランソワタイヤが異常に強いのは最初からわかっていたことです。それを承知で我が社はフランスへの進出を決めたのではないですか」

　山田氏の語気が強まった。

「それはそうだが、我が社のタイヤの性能についても問題がある。石畳がちょっと濡れているぐらいで、ずるずると滑るようでは話にならない」

　やっぱり自分の性能の問題だ。あの時グリップをちょっと弛めて事故を起こしてしまった。

山田さん申し訳ない。私は謝るばかりだった。

「ちょっと濡れている時が一番滑りやすいんです。でも改良すればいいことではないですか」

と、山田氏はまた反論した。

「何だと、君は自分の立場がわかって言っているのか。君からきちっとした報告と改良依頼がなければ、東京中央研究所は動かない。そういう意味ではこの問題は研究所の責任だけでなく、君の責任でもある」

吉田氏もエキサイトして、甲高い声をさらにキンキンさせている。

「報告書は送っています。それよりも、本部長ご自身が滑りを体験されたのですから、あの感覚で研究所に改良を要求して頂ければ済むことだったのです。その方が私からの報告が、職制を通して研究所に伝わるよりははるかに早いです。でも私の知る限りでは、本部長から研究所への品質改良要求はされていない。現状ではまだ商品の性能も市場にマッチしていない、販売チャネルも充分ではない。つまり我々はまだ戦ってもいないのです。戦う前から撤退するのですか」

山田氏は冷静に意見を述べているようだが、苛立ちがあきらかにハンドルから伝わって来る。

「だから言っただろう。それらを準備するための金を使うならば、西ドイツや英国に使った方が会社としては有効だと。わからないのか、君は」

吉田氏は怒った。

「本部長、フランスに進出する目的を思い出して下さい。欧州統合を睨んでのことだったでしょう。すでに欧州共同体は動き出していますし、やがて欧州連合へと展開される計画です。

欧州内での国境はなくなり、人、物、金の移動が全く自由になります」

山田氏が必死で説明する。

「そんなことはわかっとる。だから何だ？」と、吉田氏が言うと、山田氏が続ける。

私は、何か不毛の議論のような気がしてきた。二人の間の空気が淀んでいるように感じる。

「本部長、我が社は今では欧州のほぼ全域に販売、サービス網を持っていますが、ど真ん中のフランスがぽっかりと抜けています。これでは欧州内を自由に移動するお客さんが困ります。お客さんのためのフランス進出なんです。商売は効率だけで考えてはいけないと思います。多少の無駄な部分は必要です」

「き、きみはこのわしに意見をするのか、会社員として失格だ。もういい」

こりゃあ話す相手が悪すぎるぞ。

「ところで本部長、田宮常務は撤退を了解しておられるのですか？」

「田宮常務は倒れられた。会社には来ていない」

「えーっ、何があったんですか？」

「脳梗塞だ、恐らく再起不能だろう」

山田さんの理解者と思われる田宮常務が倒れられたから、吉田本部長は強気に出ているんだな、と私は絶望を感じた。

「フランスから撤退ということは、このパリオフィスは閉めるんですか？」

「オフィスは閉めない」

「えっ」山田氏が驚きの声を上げた。

「乗用車用タイヤは撤退するが、トラック用タイヤは性能で勝負できそうだから、今後はこの商品に注力することに決まった。それで関本君を赴任させる。ビザが取れ次第赴任させるから、引き継ぎをできるだけ早くやること。それから、この間に君のナイジェリアビザの取得手続きも進めてくれ」

空港がだんだん近づいて来た。さあ、山田氏はこの危機にどう対処するのだろうか？

「ちょっと腑に落ちません。オフィスを閉めないのなら私がこのまま残れば済むことではないでしょうか。トラックタイヤの性能確認や販売拠点の整備をある程度やったところで関本君を赴任させればいいと思います。ラゴス駐在は現在東京本社のナイジェリア担当を送り込めばいいと思いますが」

山田氏が必死で訴えた。

「君はわかっていないようだから言うが、強制移動だぞ。会社の幹部に対して不適切な言動があったことに対する処罰である」

ついに吉田氏から処罰という言葉が出てきた。

「会社幹部とはあなた、吉田本部長の先般のご出張時のことだと思いますが、不適切な言動とはどういうことでしょうか？」

「自分の胸に手を当てて考えてみろ」

吉田氏の甲高い声に少しドスが効いて、ギンギンと響く。

「私の忌憚ない意見は申し上げましたが、それはより良い仕事を進めるための意見であり、不適切な言動とは思いませんが」

「意見ではなく屁理屈を並べ立てただけだ。さらに乱暴な運転をして事故も起こした」

えっ、私のせいで山田さんは西アフリカへ移動になるのか。私はまた申し訳ない気持ちで一杯となった。

「事故を起こしたことは申し訳ありませんでした。しかしあのくらいの事故はパリではしょっちゅうあることです」

「問答無用だ、山田」

それから二人は黙ったままで、空港駐車場に着いた。

「ラゴスでは頑張ってくれたまえ」と、言いながら吉田本部長は車を降りた。

山田氏も降りて姿勢を正して吉田氏に向き合った。

「私はラゴスには行きません」きっぱりとした口調だった。

吉田氏は「えっ……」と、声を上げた。私も驚いた。

「関本君との引き継ぎはちゃんとやりますからご安心下さい」

山田氏は覚悟を決めたような言い方をして、吉田本部長のスーツケースをトランクから取り出した。

二人が出発ロビーへ行き、私は駐車場で、山田氏が今後どうしようとしているのかを模索したが、考えが及ぶべくもなかった。


その夜、山田氏はクラブ・トーキョーへ寄った。

私がいつものようにクラブ・トーキョーの前の路上で待っていると、山田氏に抱えられて幸子さんが、珍しく酔っぱらってふらつきながら助手席に乗り込んで来た。

「ちくしょう、あの男あたしの身体にさわりやがった」

幸子さんは憤慨している。

「女の人は身体を触られると嫌なんだね」

山田氏は多分、自分の方が酔っ払いたい気持ちだろうが、冷静に対処しているようだ。

「相手によるんですよ。触られても嫌じゃない人もいます」

「大丈夫か、駄目かの判断は男の側にはわからないから、結局は触らぬ神に祟りなしだね」

と言って、車を発進させた。

「あ、山田さんなら大丈夫です」

えっ⁇　それを聞いて、人間の男と男の関係も難しいが、女心はもっと難しいのかもしれない、と私は思った。

「山田さん、久しくお見えにならなかったので心配していましたわ」

「いろいろあってね。今日、本社から偉いさんが出張して来て、転勤を言いわたされたよ」

「えっ、そんな……帰国されるんですか？」

幸子さんはがっかりしたように言った。

「帰国ではないよ。西アフリカのラゴスというところへ転勤だよ、でも断ったけどね」

「良かった。じゃあ、パリにお残りになるのね」

幸子さんは、希望を込めて言った。

「それはわからないよ。会社の命令を断ったらただじゃすまないからね。会社を辞めなければならない」

やっぱり辞めるのか、私はがっくりと来た。

「辞めてどうされるんですか？」

「とりあえず辞めることを決めただけで、その先のことはこれからだよ。仕事を探さなければならないけどあてはない」

山田氏がそう言った時に、幸子さんが突然言った。

「山田さん、もっとスピードを出して。ウイィ、あっ、ごめんなさい」

また酔いが回って来たようだ。

「幸子さん、めずらしく酔っぱらってるね」

「いいえ、私は酔っていません」

その後二人は無言のままパッシーに着いた。彼女は車を降りたが、アパルトマンに向かおうとしない。運転席の方に回って、

「山田さん、ちょっと私のアパートに寄られますか。あ、でもだめ、そんなはしたない女に見られたくない」

ふらっとしながら言った。

深夜の閑静な住宅地に、女の声が響く。山田氏は車を降りて彼女の身体を支えながら、

「さ、いつものようにここで別れるよ」

と、入口の方へ連れて行こうとした。反対側の舗道を通りがかりの人影が、こちらを見ている。

「えっ、別れるなんてそんな、帰らないで」

おいおい、幸子さんの言うことが支離滅裂になってきたぞ。

「いつもここでさよならなのよね、冷たいのよ。たまには私の部屋でコーヒーでもお飲みになったら如何ですか?」

人影は去った。

「幸子さん、声が大きいよ。わかった。それじゃあ、一杯ごちそうになって帰るか」

山田氏が声を潜めて言った。

「あ、だめです、ここで別れるのがいいんです、山田さんおやすみなさい」

幸子さんはそう言って、ふらふらとアパルトマンへ向かったが、入口の前でじっとしている。

また引き返して来た。まったくどうなっているんだ。

「ねぇ山田さん、コーヒが嫌だったら、紅茶でもどう？」

「コーヒーが嫌だなんて言ってないよ。ごちそうになります」

「わあうれしい」

山田氏はこのまま駐車し、二人でアパルトマンの中へ消えた。

幸子さんの部屋から山田氏が車に戻って来たのは二時間以上経ってからであった。コーヒー一杯にしては長いぞ。


その夜私はアパルトマンの駐車場でフランソワタイヤのエックスにことの顚末を語った。

「おいエックス、最悪の事態になった。恐れていたことが起きた」

「大体想像できるよ、サムライ君、おたくのご主人が会社を辞めるんだろ」

エックスは当然、という感じで言った。

「主人は、吉田氏にははっきりしたことは言わなかったが、残念ながらそのようだな」

私はそうと覚悟せざるを得なかった。

「ご主人が我がフランソワタイヤに来れば万々歳だけど、そういうことはあり得ないだろうなあ。その幸子さんとやらとの関係も微妙になって来たなあ」

「どうすればいいんだろう。と言ってもそれがしには何もできぬが」

私はむしろエックスが言うように、山田氏がフランソワタイヤにでも行ってくればいいのに、と思った。

十五　別れ

関本氏の赴任に先立ち、山田氏は家族を帰国させた。二年前と同じくシャンゼリゼ通りのプラタナスはまだ葉をつけず、裸の木が寒そうに震えている二月の帰国であった。

家族との生活は二年間という短い期間ではあったが、山田氏は多忙なスケジュールをできるだけ調整して家族旅行をした。ほとんどは車での旅行なので、私も常に一緒にそれを楽しんだ。夏は南仏からモナコを経由してイタリーのジェノバ、フィレンツェまで足を延ばした。フィレンツェのメディチ家からは、カトリーヌがフランスのアンリ二世に嫁いだので、フランスとの関係は深い。山田氏が車の中で子供に説明していた、アンリ二世の王妃カトリーヌと愛妾ディアーヌ・ド・ポワチエのシュノンソー城をめぐる女の戦いの物語は、聞き応えがあった。

オーストリアのウイーン、ザルツブルグにも行けた。オーストリアからルイ十六世の王妃となったマリー・アントワネットの話は、田宮常務が出張で来られた時に聞いていた。だからウイーンのシェーンブルン宮殿は、マリー・アントワネットが育った家という意味で興味深かった。ご家族もそうであったに違いないと私は思った。

またスペイン方面はコスタブラバの海岸に短期でアパートを借りて遊んだこともあった。冬はアルプスのシャモニーに滞在し、モンブランでご家族はスキーに興じた。子供たちはスキー教室に入り、あっという間に急斜面も滑れるようになったそうだ。私にはその雄姿は見ることができなかったが。

私はシトロエンＣＸのタイヤとして、山田氏家族の様々な思い出を乗せて走れたことを嬉しくもあるし、誇りにも思っていた。

ご家族もそれぞれの思い出を抱いて、東京へと飛び発たれることであろう。

シャルル・ド・ゴール空港の駐車場でご家族と別れた時に、私はもうこれが最後の別れになるのであろうと、胸が締めつけられる思いで「お元気でね、さよなら」と言った。通じることはないが。


山田氏家族の帰国から一カ月後の三月に関本孝太郎氏が正式に駐在員としてパリに赴任した。

「山田先輩、引き継ぎを宜しくお願いします」

とりあえずホテル住まいの関本氏は、迎えに来た山田氏に頭を下げた。

「ああ、この社有車は引き継ぎ終了まで俺が使うから、君は当面レンタカーを使ってくれ。それからまず君の住居を探さなければならない」

と言って、山田氏は乗り込もうとした。

「それはそれとして先輩、会社を辞められると聞きましたが、本当ですか？」

関本氏は車に乗らずに、恐る恐る山田氏に聞いた。

「ああ、そうだよ。もう退職届も東京本社に送った」

「そうなんですか……考え直して頂けませんか。あ、でもそうするとナイジェリアのラゴスへの赴任を受けなければならないのですね。困ったなあ」

関本氏は本当に困った顔をした。

「関本君、おれはラゴスに行きたくないから辞めるのではないよ。吉田本部長のようなおかしな奴をのさばらせているニホンタイヤという会社が嫌になったのだよ」

山田氏は苦み走った顔を、タイヤの私の方に向けて言った。

「あの人はけしからんですよ『フランス及び欧州に根付いて本格的にやっていくには、この地に自前の生産拠点と販売チャネルを持たなければならない。そのためには当地にあるメーカーを買収するのが早道である』と、ぬけぬけといかにも自分の考えのように言ったそうです。元々は山田先輩の提言だったのですよね。前に田宮常務と飲む機会があった時に、先輩からその上申書が来たと言われてました。でも残念ながら田宮常務は倒れられました。そしたらいつの間にか先輩のアイデアを吉田本部長がパクったんですよ。田宮常務がご健在なら、吉田本部長の化けの皮はすぐ剥がれると思うんですが。あ、でも、こんなことを言ってはまずいですかね」

関本氏は首をすくめた。

「おい関本君、うっかりしたことは言わん方がいいぞ。さあ、行こうか。パリの道路に慣れなければならないから、君が運転をしてくれ」

二人はようやく車に乗り込んだ。運転は関本氏がするらしい。

「私は技術にこり固まった技術バカでした。でも、山田先輩のやり方を直接見聞かせて頂いて、技術屋であっても営業的考えも持たなければならないことを痛感しました。結局は商品は売れなければ商品がかわいそうですし、会社が成り立たないのですよね。頭を切り換えました」

関本氏はそう言いながらエンジンをスタートさせた。シトロエンＣＸの床がスーッと上がった。

「そう言ってくれると俺は嬉しいよ」

二人の業務引き継ぎが開始された。

山田氏はこの前に、家族を帰国させるのと並行して、ローカルスタッフのジャン・リブネと共に、すでに開拓した乗用車用タイヤの販売店からの撤退をして回っていた。ほとんどの販売店はニホンタイヤを第二、第三のブランドとして扱っていたので影響は少なく、撤退は比較的すんなりと行った。しかし南仏のマッセ・プニュだけは違った。

ポルシェ等のスーパースポーツ向けの超高性能タイヤ〈スーパーサムライ〉に対する期待が大きかっただけに、社長のオリビエ・マッセは顔を真っ赤にして怒りを顕わにしたが、山田氏はただひたすら謝るしかなかった。

一方、これから開始するトラックタイヤの販売については、新品だけの販売ではフランソワタイヤに対抗できないことはあらかじめわかっていた。

山田氏はリトレッダーと組んで、新品とリトレッドを組み合わせたパッケージ販売をやる必要があると考えた。それで関本氏の赴任前にフランス国内の独立系リトレッダーにある程度あたりをつけていた。従って、関本氏赴任後は業務引き継ぎというよりも、早速トラックタイヤの販売チャネル開拓の観点で、精力的に独立系リトレッダーを二人で訪問して回った。

この間に、関本氏は山田氏の知識、経験をできるだけ多く吸収しようと努力した。と同時に、これからの山田氏の生活がどうなるのかをずっと気にしていたようだ。

私も車の下で、同じ気持を持ちながら路面を踏みしめていた。

引き継ぎの期間中も、山田氏は一人で時々クラブ・トーキョーを訪れていた。砂漠の民がオアシスを求めるように。

彼は幸子さんを送った時は、二時間ほど彼女のステュディオで過ごすような、そういう仲になっていた。時には店へは行かず直接彼女のところへ行くこともあった。

関本氏との引き継ぎも終わりに近づいたある夜、クラブ・トーキョーからの帰りの車の中で、幸子さんは驚くべきことを山田氏に告白した。

「晴信さん、実は以前同棲していた彼が日本から出張でパリへ来たんです。白状しますが元彼と言うのは東都商事の社員なんです。同僚の方たちに連れられて飲みに来ました。私はびっくりしましたが、彼も私を見てとても驚いていました。一カ月の予定の出張だそうで、ほぼ毎晩来ていますす。今夜も来ていました。そして私に『日本に一緒に帰ろう』と言うのです。『前のような生活はしない、きちっと家に帰る。私を大切にする』と何度も何度も言うのです」

幸子さんの声は心なしか震えている。

「さっちゃん、彼がそう言うのなら信じて彼の元へ帰った方がいいと思うよ」

山田氏はさらっと言った。

「えっ、彼を信じてついていけと仰るの。私を引き留めては下さらないの？」

幸子さんの声が大きくなった。

「引き留めるなんて、そんなことはできないよ。引き継ぎが終ったら俺は職を失うし、もうクラブ・トーキョーへ行ける身分でもなくなる。風来坊になる俺が、引き留めることなどできることか」

山田氏は会社と共に、幸子さんも失うつもりのようだ。

「お店に来れなくても、私の部屋に直接来て下さればいいのよ」

幸子さんは本当に山田氏が好きなようだ。

「そんな無責任なことはできないよ」

「あんな男を信じてついて行け、という方がよっぽど無責任です」

パッシーの幸子さんのアパルトマンへ到着したが、幸子さんが降りる気配がない。二人は黙ったままであった。

何分ぐらいそうしていたであろうか。

ようやく幸子さんは、

「ごめんなさい、さようなら」

と、絞り出すように言って、車を降りた。山田氏は降りない。

幸子さんのアパルトマンの入口に向かう後ろ姿は、いつもと違い、肩が落ちて揺らいでいる。泣いているのか？　風もないのに長い黒髪も乱れていた。

山田氏は「さっちゃん、行くな！」とは言わないのか……そのまま車の中でしばらく動かなかった。が、やがて思い切るようにエンジンをかけて荒々しい運転でアパルトマンへ戻った。

さぁ大変なことになったぞ。

私は駐車場でそのことをフランソワタイヤに告げた。

「その幸子さんと言う人は、山田氏から引き留めて欲しかったんだね。山田氏の立場も苦しいよなあ」

と、エックスは言った。

その後、山田氏は幸子さんと一度だけ会った。

いつもと同じように彼女のアパルトマンの前で停まると、彼女は車から降りる時にきっぱりと言った。

「山田さん、今まで本当にありがとうございました。心の折れていた私を優しく包み込んで頂いたのは、このパリの街とあなたでした。このことは一生私の心の奥にしまい込んで生きて行きます。私は彼と一緒に日本へ帰ることにしました」

あえて毅然としているように私には見えた。幸子さんは続けた。

「独りよがりかもしれませんが、私がいないと彼がだめになってしまうと思ったのです」

そう言って車から降りた。

山田氏は車を降りずに、助手席のウインドウを開けて、

「さっちゃん、お幸せに」と、言った。

幸子さんは黙って、一度も振り返ることなくアパルトマンの入口へ向かった。もともと細いが、その背中はさらに細くなったように見えた。

山田氏は彼女の姿が見えなくなると、辛い気持ちを振り払うように急発進した。私はキーッとスキール音をたてた。

十六　タイヤ道

引き継ぎもいよいよ終わりを迎えた時に、関本氏が山田氏に聞いた。

「先輩、いろいろと教えて頂き、本当にありがとうございました。残念ながら引き継ぎも終わりになります。これから帰国されるのでしょうが、そのあとどうされるつもりですか？」

「いや、パリに残る」

関本氏はこれを聞いてびっくり仰天した。私はもっと驚いた。

「えっ、でもご家族は帰されたではないですか」

「単身で残るつもりだ」

「生活はどうされるんですか？」

「どうするか先のことは全くわからない。一人で何とかやって行かなければならないし、どうにかなるさ」

「そうですか、でも心配です。私にできることは何でもしますから、落ち着き先が決まったら必ず教えて下さい。ご健康とご成功をお祈りします」

ついに山田晴信氏にとってニホンタイヤとの別れ、そしてタイヤの私にとっても山田氏との最後の日が来た。

昼頃アパルトマンを出ると、山田氏はいつものようにセーヌ河畔を上流へ向かったが、ミラボー橋のたもとで停車し彼はそこに書いてあるアポリネールの詩を読んだ。

ミラボー橋の下　セーヌは流れ　わたしたちの恋が流れる
私は思い出す　悩みのあとには楽しみが来ると
日も暮れよ　鐘も鳴れ　月日は流れわたしは残る……

雨が降ってきた。山田氏の心を映し出すような冷たいこぬか雨だ。

彼は車から降りた。そしてしゃがんで、私の頭を撫でながら語りかけた。

「おいサムライよ、おれはお前を置いてここを去る。だが心配はいらない。関本がもうすぐこの車をここに取りに来ることになっているから少し待っていてくれ。世話になったな。お前と一緒にフランスのあちこちをまわったのはいい思い出になった。いろいろな路面があったけど、お前は良く対応してくれた。滑ったこともあったけどな。だけどこれでお前との付き合いは終わりだ。これからは関本がちゃんと面倒を見てくれる。もう一度踏ん張って、彼を守ってくれ、頼むぞ。俺がもう少しサラリーマン根性を持っていたらこうはならなかったかもしれない。だけど俺には我慢ができなかった」

山田氏の目から涙がポロリとこぼれ、雨に濡れた路面に溶けた。

「山田さん、私にはサムライなどという勇ましい名前を頂きましたが、全くのなまくらでご迷惑をおかけして申し訳ないです。吉田氏を乗せて走っていた時に、私は凱旋門のあるエトワール広場の濡れた石畳の上でつるりと滑って事故を起こしてしまいました。結局それが引き金になって、乗用車用タイヤはフランスから撤退との結論に至り、あなたを苦しめることになりました。本当に申し訳ありません。これからどうやって生きて行かれるのかわかりませんが、どうかお達者で」

と、私は心を込めて言った。だがその声は山田氏には届かない。

山田氏は私に手をあてたままじっとしていた。そして思い出したように、またつぶやいた。

「タイヤの基本機能は、荷重を支える、方向を変える、路面からのショックを吸収する、駆動制動力を路面に伝える、だったな」

四つの基本機能ですね、わかってます、と私は応えた。彼は続けた。

「その基本役割を果たした上で、車両の仕様の違いや使われ方の違いにうまく適応していかなければならない。しかしそれだけではだめだ。ドライバーに適応しなければならない。ドライバーには老若男女、荒い運転をする奴、おとなしい運転をする奴など種々雑多だ。さらに同じドライバーでも、その時の体調、感情によって運転の仕方が変わってくる。お前は基本的にはサムライらしくハンドルの切れを重視して設計されている。その基本を守りつつ、その時々のドライバーのコンディションに合せて臨機応変に対応し、ドライバーや一緒に乗っている人の安全を守らねばならない。つまり頭脳を持ったタイヤにならなければならない。それがタイヤ道だ」

山田氏は私に、タイヤとしての機能を果たすだけでなく「タイヤ道を極めろ」と言っているのだ。

「山田さん、私はそんな有能なタイヤにはとてもなれませんよ」

と私の声は届かぬと知りながら叫んだ。山田氏は続けた。

「お前はサムライだ。サムライは長太刀、短太刀、剛太刀と異なる相手に臨機応変に対応しなければならない。それと同じだ」

「えっ、山田さん、私の声が聞こえましたか?」

彼は雨に濡れている私を両腕で抱いて、

「サムライよ、タイヤ道を極めてくれ。さよなら」

私は、山田氏の言葉をこれから生まれてくる私の後輩たちにも伝え継がなければならない、と強く思った。

彼の目からまた一しずく涙がこぼれ、私に当たって路面に落ちた。

彼はようやく私から離れ、下を向きながらミラボー橋の中央方向へ一〇メートルほど進んだ。

欄干からセーヌ川を覗き込んでいる。どうするんだ? まさか……。

自由の女神像とその向こうのエッフェル塔が、こぬか雨のベールに包まれてシルエットだけが見える。観光船のバトームッシュが橋の下をくぐりかけている。

山田氏はしばらくそうしていたが、気を取り直したようにまた私の方を向いた。戻って来るのか？　と思ったが、また橋の欄干に肘をついて考え込んでいる。何を迷っているのか？

彼は欄干から肘を離すと、右の内ポケットに手を入れた。彼がいつもそこに入れているのはパスポートだ。どうする？

パスポートを取り出してじっと見つめていた。まさか……そのまさかが起きた。彼はパスポートをセーヌ川に放り投げた。パスポートが放物線を描いて落ちて行くのが見えた。

そして山田氏は何かを振り払うように、コートを翻してミラボー橋を左岸へ向かい、私から離れて行った、家族も会社も幸子も日本国籍さえも棄てて……。

冷たい雨は横殴りの風に翻弄されて、私に当たり散らす。私は震えながら、山田氏の後ろ姿をずっと見つめ続けていた。

十七　復帰

山田氏の退社から四年の歳月が流れた。

復活祭も終わり、パリはマロニエやプラタナスが大きな緑の葉を繁らせる初夏を迎えていた。

私はサムライ二世という名前のタイヤであり、二代目パリ駐在員関本孝太郎氏の社有車のシトロエンＣＸ一九八五モデルに装着されている。

初代山田晴信駐在員の時と同じ車種とタイヤであるが、どちらも二代目であり、歳月の経過を感じさせる。

私の先輩である先代サムライの時は、山田氏がフランス市場参入を手探りで実行していたが、現在は引き継いだ関本氏によってフランス進攻作戦はまさに黎明期を迎えている。

その日、関本氏は一人の日本からの初老の出張者をシトロエンＣＸに乗せて、フォーブル・サントノーレ通りにある免税店の前に停車した。当然のことながら、装着されている私も一緒である。出張者のことを関本氏は常務と呼んでいるから、二ホンタイヤ株式会社の東京本社の偉い人らしい。

珍しいところに行くが、出張者が土産物でも買うのかと思っていたら、関本氏は一人で店へ入っていった。出張者はそのままシトロエンＣＸの後部座席に座っている。しばらく待つと、関本氏は一人の男を伴って店から出て来た。身長は関本氏よりやや低く一七〇センチぐらいか。結構苦み走った顔だ。

　関本氏と男が車に近づくと、後部座席の出張者が車から降りた。

「山田先輩、この方はわかりますか？」

と関本氏が聞いた。

あっ、この人がパリの初代駐在員で、その後会社を辞めたという山田さんか……初代サムライから話には聞いたが、お目にかかるのは初めてだ。そしてこの出張者は誰だ？

私は車の下から様子を伺っていて、がぜん興味を持った。

山田さんは出張者をじっと見て首を傾げた。

「わからないでしょうね、私もお会いした瞬間はわかりませんでした」

関本氏がそう言うと、ほぼ同時に、

「もしかしたら……田宮常務じゃありませんか？」

と、山田さんが恐る恐る声を出した。

「山田君久しぶりだな、田宮だよ」ややかすれた太い声である。

あっ、この人が先代サムライから聞いていた田宮常務かあ……。

「いやあ、お見かけした瞬間にそうじゃないかなとは思ったのですが、ずいぶんスマートになられたし、髭も生やされていますので、確信が持てませんでした。失礼致しました」

「病気して体重が二〇キロぐらい落ちて別人になったよ。もっとも以前が太りすぎだったので、今が丁度良いくらいだが、ワッハッハ」

田宮常務はあごひげを撫でながら、豪快に笑ったが、二人は笑えない。

「私が会社を辞める前ですから四年ちょっとになりますか、常務が倒れられたと聞いて心配しておりました。でもお元気になられたようで良かったです」

そこへ関本氏が割り込んだ。

「常務、山田先輩、立ち話も何ですから乗って下さい。天気もいいですから少し走って、そのあと昼食でも取りましょう。先輩は店の方をちょっと外してもらってもいいでしょうか？」

いつもの明るい声だ。

「ああ、外での営業が主体でやっているから割と自由なんだ、大丈夫だよ、関本君」

山田さんも明るく返した。

「良かった。先輩は後ろの席に座って常務と話をして下さい」

「いや、そんなことはできない。助手席に座るよ」

そう言って山田さんは右前に席をとった。そして、

「おう、これはＣＸのニューモデルか。外観はあまり変わっていないようだけど、ダッシュボードが違うね」

懐かしそうに言った。

「はい、一九八五モデルです。では凱旋門を回ってポルト・マイヨーあたりに行ってみましょうか、山田先輩」

「僕はあれ以来車をもっていないので地下鉄とバス専門だ。だから、凱旋門を乗用車で回るのは何年ぶりだろう」

　関本氏はシャンゼリゼから相変わらず車がひしめきあっているエトワール広場を凱旋門に向かって突っ込んで行った。今日は天気がいいから石畳は乾いているが油断は禁物だ。私は関本氏の運転に合せて、路面を強くグリップした。何度も何度も通っている道だが、常に緊張を強いられる。

「懐かしいね、関本君。僕は吉田部長を乗せていた時に、ここでスリップして事故を起こしたことがあるんだよ。彼は怒って『こんなタイヤじゃフランスでは売れない』と撤退を決めるきっかけになったんだ」

　山田さんが関本氏に説明するのを、私は注意深く路面を踏みながら、聞き逃すまいとしていた。常務さんは黙っている。

「山田先輩、そのことは私もよく知っていますよ。今使っているタイヤはサムライ二世と言いまして、あの時のサムライの改良品です。濡れた石畳でのグリップが抜群によくなっています」

　関本氏の説明に、私は「滑ってはならぬ」と緊張した。

「溝がもう結構減っているようだけど、グリップはいいねえ」

山田さんはさすがに元タイヤマンだけあって、私の溝の状態をすでに観察している。

「はい、今日はドライですがウエットでのグリップもいいですよ。摩耗してもウエットグリップが落ちない技術が開発されましたから」

私はそれを聞いて、絶対に滑ってはならないとさらに全神経を集中させると同時に、山田さんと先代サムライの無念さを思い浮かべた。

ラ・デファンスの高層ビル街が遠くに見えて来た。

関本氏はその方向に向かって今度はエトワール広場のロータリーの外側へと移動を開始した。そして無事にグランダルメ大通りに抜け出た。緊張の糸を少し緩め、ホッとする瞬間である。

「ところで先輩、ご家族はあの時帰国されましたが、その後どうされました?」

関本氏はずっと気にかかっていたようだ。

「そのまま別れ別れになっているよ」

山田さんは半ばあきらめの口調で答えた。

「えっ、そうするともう四年も単身生活ですか、先輩」

「免税店勤務では家族を呼べるだけの余力はないよ。可能な限り仕送りはしてるけど、女房も日本で働いている。でも子供も元気だしご心配なく」

その時、田宮常務が山田さんに聞いた。

「山田君、君は会社を辞めてからすぐに免税店に勤務したの?」

真正面にラ・デファンスの高層ビル群がクリアーに見える。

「いいえ、実はあの時自暴自棄になりまして、お恥ずかしい限りですがパスポートをセーヌ川に放り投げたのです。だから働くこともできず、しばらく貯金をおろして食いつないでいました。しかし日本に帰した家族に仕送りもしなければなりませんし、いつまでもそうしている訳にはいきません。それで日本大使館でパスポートを再発行してもらいました」

大変だったのだろうが、山田さんが答える声には悲惨さは感じられない。元来ポジティブな性格なのであろう。

「手続きが面倒だったんじゃないかな」

田宮常務の太い声には、いたわりの心が滲んでいる。

「はい、警察から紛失証明書をもらい、日本から戸籍謄本を取り寄せて大使館にパスポート紛失届を出しました。大使館では紛失の経緯を根掘り葉掘り聞かれました。勿論棄てたとは言えません」

棄てたと言えば大使館はどう反応するのだろう?

「でも首尾よく再発行してもらえたんだな」

「はい、それで知り合いの免税店クロードで雇ってもらい、そこで就労ビザを取得しました。免税店クロードには随分助けて頂き感謝です」

山田さんは田宮常務にそう説明し、続けた。

「ところで、常務は大病をされたと聞きましたが、よく回復されましたね」

「ああ、心配をかけたな。突然脳梗塞で倒れて、生死の境をさまよった。目が覚めたら左半身の感覚が全くなかった。見れば手足はあるんだが、自分のものだという感じが全くないんだよ。動く見込みはないと言われたが、その通りでぴくりとも動かなかった。わしはもう終わったと観念したよ。会社もそう判断し、非常勤顧問という立場になった」

田宮常務の言葉には、後遺症と思われる不自然さがややあったが、ほとんど気にならない程度であった。

「それがどういう風に回復されたんですか」

と、山田さんは聞いた。

「左手と左足に向かって動け動けと言い続けたんだよ。でも全くピクリとも動かなかった。しかし諦めないで何千回、何万回と言い続けて、二年ぐらい経った頃、左手指がちょっと動いた。不思議なことに右脳が命令に反応したんだよ。それからは少しずつ動きが良くなって来て、先生は奇跡が起きたと驚いていたな。でも、リハビリは地獄の苦しみだったよ」

「そうだったんですか、感動的なお話ですね」

そうか、人間の脳と言うのはすごい働きをするものだな。私たちタイヤもそんな脳を持つ時代が来るのだろうか？

「そしてわしは半年前に会社に復帰した。そしたら会社は顧問から現役の常務取締役へ肩書も復帰させてくれたんだ」

「良かったです、常務」と山田さんが言ったところで、関本氏が口をはさんだ。

「常務、山田先輩、ポルトマイヨーに着きました。実はこの中の寿司屋を予約しております」

そう言って駐車場に車を停め、三人はビルの中へ入って行った。私はここで待つしかない。


一時間半ほどで三人は車へ戻って来た。

「山田先輩、時間を頂きありがとうございました。店に戻りましょう」と言って関本氏は車を発進させた。

フォーブル・サントノーレ通りへの帰路、田宮常務が山田さんに言った。

「山田君、寿司屋では周りに客がいるので言えなかったが、実はこのサムライ二世を含む、欧州向けタイヤをフランスで生産することになった」

えっ、この自分がフランスで作られることになるのか、と、私は聞いてびっくりした。山田さんも、

「そうなんですか、驚きました。でもそれはおめでとうございます」と、心を込めて言った。

「欧州統合が現実になり、欧州内では人・物・金の移動が自由になっている。前に君が主張していた通り、西欧で最大の面積を持つフランスに販売サービス網がないのは致命的だし、生産拠点も必要だ。日本から持って来たのでは競争にならない。そこでメイド・イン・フランスを

作るためにフランスにあるタイヤメーカーをつい最近買収したんだよ」

そう常務が説明すると、

「どこを買収したんですか？　まさかフランソワタイヤではないでしょう」

山田さんが冗談混じりで聞いた。

「実はその、まさか、なんだ、山田君」

「えっ……」

「ワハハ、冗談だよ。勿論、フランスの象徴のようなフランソワタイヤを日本の我々が買収するなどできることではない。フランスの北に工場があるグッドラックタイヤだ。彼らの販売サービス網も同時に手に入れた」と、常務は愉快そうに説明している。

「ああ、あそこですか。元々はアメリカのメーカーですね。規模的には手頃ですが品質はまだまだですから、かなり技術のてこ入れが必要でしょうね。でもいい決断をされたと思います。ポルシェ用のスーパーサムライもその工場で生産するんですか？」

「いや、さすがにポルシェ用はあまりにもスペックが複雑だから、こちらで生産するのは今は無理だ」

「そうでしょうねぇ、いきなりは無理でしょう」

山田さんがそう言うと、田宮常務は、

「おい、関本君ちょっと車を停めてくれ。山田君に折り入って話したいことがある」と言った。

関本氏はエトワール広場に入る手前の、グランダルメ大通りの脇に車を寄せて停めた。ここからの景色も見ごたえがある。前には凱旋門がそびえたち、後ろはラ・デファンスの高層ビル群が初夏の日差しを浴びて光っている。

しかし景色を楽しんでいる場合じゃなさそうだ。なにか込み入った話になるのか？

三人が車を降りると、関本氏が、

「あのお、私はその辺をぶらぶらしていましょうか？」

と、気を使って言うと、田宮常務は一瞬考え込んで、

「いや、君もここにいて良い」

と言った。そして、見上げた凱旋門に話しかけるように語り出した。

「実は、グッドラック・フランスの買収を機に、欧州四葉物産と組んで現地法人のニホンタイヤ・フランスが新たに立ち上がる。四葉物産には大手商社としての情報網と現地法人経営のノウハウがある。そして何と言っても人的資源を持っている。その四葉物産からはフランス人のマーケティングスペシャリストのジャン・ピエール・ファーブル氏をニホンタイヤ・フランスに派遣してもらうことになった。四葉物産本店からのパリ駐在員の浦本氏も、ニホンタイヤビジネスを全面的に担当してもらうことになっている」

田宮常務はあごひげを左手で撫でながら言った。

「四葉物産の全面的サポートが得られるのは心強いですね。アルジェリアでサハラ砂漠用タイ

ヤの拡売を四葉物産と一緒にやらせて頂いたことを思い出します」

山田さんは懐かしそうに目を細めた。田宮常務は続けた。

「四葉物産との協業は大きな相乗効果が期待できる。我が社の東京本社営業部からも一名増員のために松本君を派遣をさせることにしている」

「すごい陣容になりますね。いよいよ本格的にフランソワタイヤと対峙するわけですね。陰ながら応援します」

と、山田さんが言うと、田宮常務は、

「そこでだ、山田君。実は君に会社に戻ってもらいたいと思っている」

と本題に切り込んだ。

「えっ……」

山田さんと関本氏は同時に声をあげた。田宮常務はさらに、

「山田君にはそのニホンタイヤ・フランス法人の市場技術部長をやってもらいたい。関本君はもう任期が来ているが、もうしばらく残って山田君の補佐をしてもらう」

と、たたみかけた。

「えっ、そうなんですか、嬉しいです」と、関本氏が大きな声を上げた。

これはいい話だ。私は先代サムライから引き継いだ話を思い出した。

山田さんは欧州統合時のフランス市場の重要性を訴え続けていたが認められず、逆に疎まれ

て、西アフリカのナイジェリアへ転任指示を受けた。それが原因で山田さんは会社を辞められたと聞いていた。

「田宮常務、ありがたいお話で大変光栄に存じます。しかしあの吉田本部長、今はもっと偉くなっておられるかもしれませんが、あの人の下でやるのならば、私はお受けすることは無理です」

山田さんは、はっきりと言った。

「山田君、それはない。吉田は本部長から降格になって、職場も変わった。乗用車用タイヤのフランス進出は無理という吉田の報告が当初は支持された。しかしやはり欧州統合を睨めば多少無理してでも進出すべしとの声が、じわじわと広がって来た。君が提案していた通りだ。そうしたら吉田は形勢不利とみたのか、ころっと意見を変えて、君の提案をあたかも自分のアイデアのように話し出したらしい。わしが倒れて会社に来れなかった間にだ。それだけではない。彼の公私混同が問題になった。交際費の私的流用がずいぶんあったらしい。それが発覚して譴責処分となった」

田宮常務は吉田氏失脚のことを詳しく説明した。

「そんなことがあったのですか」山田さんは車がひしめきあうエトワール広場を見つめながら静かに言った。

「そうだ、君とそして君の家族にも辛い思いをさせて申し訳ないことをした。会社を代表して謝りたい、この通りだ。わしは君に謝ることと、君に会社に戻ってもらうことを最後の仕事として パリに来た」

田宮常務は深く頭を下げた。

「常務、そんな、やめて下さい」

山田さんは田宮常務の細い身体を起こし、

「常務のお言葉は身に余る光栄で、本当に感激しております。しかし、しかし……」

目に溜った涙を上着の袖でぬぐいながら、何か言いかけた。

「しかし、何だね？　山田君」田宮常務は優しく尋ねた。

「これが常務の最後のお仕事ということは、会社を去られる訳ですね。寂しいです。それに私にとりましては、強い後ろ盾がなくなるということだと思います。出戻りの私には社内で相当な圧力がかかるでしょう。吉田さんのような人がまた出てこないとも限りませんから」

そうか、常務さんがいなくなれば、山田さんにとってはまた社内での孤独の戦いが始まることになるんだ。

それにしても私が先代サムライから聞いていた山田さんのイメージからすれば、ちょっと弱気かなと思った。

でもよく考えれば弱気になるのも仕方ないかな。

会社に戻っても結局また辞めるようなことになれば、あまりにも惨めだ。関本氏は味方になってくれるだろうが、社内での力はまだない……。

山田さんはそう考えているのだろうと、私が想像していたら、常務さんはその懸念を払拭するように、

「山田君、心配する気持ちはわかるが、大丈夫だよ。君に会社に戻ってもらうというのは、私の独断で決めたのではない。社長はじめ役員や欧州担当の本部長も含めて関係者の皆が賛成していることだよ。安心して戻ってきて、業務に専心してほしい」

と、力強く言い切った。

山田さんは下を向いてしばらく考えていたが、

「そうですか。常務は私ごとき者のために、社内での根回しに時間と労力をかけて下さったんですね。ありがとうございます。まずはお世話になっている免税店の店長に仁義を切らなければなりませんので、ここで即答はできませんが、前向きに検討させて頂きます」

と、顔を上げてきっぱりと言った。

タイヤの私も、感激で胸の動悸が高まり、意識がなくなりそうに感じた。関本氏も泣いている。

そして常務さんを中心に三人は肩を組み合って、凱旋門を見上げ、その場にしばらくじっと佇んでいた。

私もシトロエンCXの下から、彼らと凱旋門とその周りの車の群れを感動と共に見つめた。

十八　カウボーイ・ジュニア

田宮常務のパリ出張から一カ月、関本氏はシトロエンＣＸでエグゼルマン通りの山田さんをピックアップした。山田さんが家族と共に二年間過ごしたアパルトマンである。同じ部屋はふさがっていたが、幸運にも別の一室が空いていたので、彼は迷わずここを新住居として選んだ。

「山田先輩、いや部長、以前ご家族と住まれていたアパルトマンに入れて良かったですね」

と、関本氏が言うと、

「空きがあってラッキーだったよ。家族が来たらまた子供と一緒に散歩に出て、ついでに朝市に行ってバゲットとフロマージュ（チーズ）を買うのが楽しみだな。それにしても、クロード免税店の店長がおれを快く送り出してくれたのはありがたかった」

と山田さんは嬉しそうに言った。

関本氏は山田さんを乗せると、セーヌ右岸からシャンゼリゼ、エトワール広場のロータリーを抜けてオフィス下の駐車場へ着いた。

地下二階にスペースを見つけ駐車すると、山田さんは「四年ぶりだよ、懐かしいな、相変わらず暗い駐車場だね。泥棒も多いんじゃないの」感慨深そうに周りをながめた。

「はい山田部長、全く油断できない状況が続いています。まずはもっと明るくして欲しいですよね。泥棒が最も嫌うのは明るいところだそうですから」

　関本氏はあやしい人影がないかどうか、目を凝らした。

「そうか。まそれはそれとして、いよいよフランソワタイヤの本丸であるフランス市場を本格的に攻める時が来た。人数も増えるので新しいオフィスも探さなければならない。ジャンも一緒に、お互いに力を合せて戦って行こう。関本君、宜しく」

　二人は意気揚々とオフィスへ上がって行った。


　オフィス下の駐車場で私が待機していると、いつものように大きなシェパードを引いたガードマンが巡回して来た。警備はありがたいが、この犬に噛みつかれそうなのと、おしっこをかけられそうで、どのタイヤも戦々恐々としている。

　その時、隣の車のタイヤが私に話しかけて来た。

「おい、お前はニホンタイヤだな。おれはグッドラックのカウボーイ・ジュニアだ。おれの先代であるカウボーイ一世が、何年か前にお前の前のサムライという奴に会ったと言っていた」

　やっと巡り合えたという感じであった。

「おぬしか。それがしも先代からカーボーイというタイヤのことは聞いたことがある」

と、言いながら、私は相手のパターンをよく見つめた。ホイールもなかなかアグレッシブだ。お互いに顔は先代より洗練された気がする。

「カーボーイではなくカウボーイだ。発音が悪いぞ」

「そうか、悪かったな。それがしの名前はサムライ二世という。お互い二世で、ここで再会できるとは何かの縁だな」

と、言いながら、カーボーイでもカウボーイでもどっちでもいいじゃないか、と私は思った。

「縁どころじゃないだろう。お前の会社は、おれの生産元であるグッドラック・フランスを買収したんだろう。だからおれたちは兄弟になったんだ」

カウボーイ・ジュニアは嬉しそうに言った。兄弟になれて嬉しいのか、危うかった会社が買われて安心したのか？　どっちだろう。

「そうか、おぬしはそれを知っていたのか。おぬしのプライドを傷つけたくないから、それがしの方からは武士の情けで言わなかった。これからは兄弟としてお互いに協力し合ってフランス市場を攻めまくって行こう。宜しく頼む、カウボーイ・ジュニア」

「おう、やってやるぜ、宜しくな、サムライ二世」

そこに山田さんと関本氏が戻って来た。

「さあ山田部長、早速あいさつ回りに行きましょう」

関本氏がエンジンをかけ、シトロエンCXの車体がふわりと上がる。出発だ。

駐車場から外へ出ると大粒の雨が道路に跳ねていた。二人を乗せた私は、気合を入れ直して濡れた路面をしっかりグリップした。

相変わらず多くの車がひしめき合うエトワール広場に進入し、ぐるりと回り込んでグランダルメ大通りに出て、ポルトマイヨーを経て環状道路に乗った。

「山田部長、これから北のリール市に向かいます。そこの当社直営のタイヤショップを訪問します。ところで部長、クラブ・トーキョーはご存知でしょう」

突然、クラブ・トーキョーの名前が出てきた。

先日、関本氏が日本からの出張者を連れて行ったところだ。暗くて狭い路上駐車だったことを、私は思い出した。

「ああ、以前何度か通ったことがあるよ。会社を辞めてからは一度も行ってないけどね」

山田さんはすぐに思い出したようだ。

「半年くらい前になりますが、東京から出張者が来た時に連れて行ったのです。そしたらそこに幸子さんというきれいな人がいまして、我々がニホンタイヤだと知ったら、すごく懐かしそうにされていました。部長の名前も出ましたよ」

「えっ、そう……」

と、山田さんは一瞬驚いたような声を出し、

「そんな名前の人がいたなあ」

とつぶやいた。

そういえば私は、先代サムライから幸子という人について聞いたことがある。確か元彼が東

京から迎えに来て一緒に帰国したとのことだったが、嘘だったのか、それともまたパリに戻って来たのか?

そんなことを私が考えているうちに、右にシャルル・ド・ゴール空港が見えた。山田さんも関本氏も多くの来訪者を送迎した空港である。

我々はその空港をやり過ごして順調に北へ向かった。

北部フランスの先にはベルギー、オランダそして西ドイツがあり、それぞれ違う国だから国境はある。でも形だけの国境であり、パスポートコントロールはもはやない。そのうちに国境そのものもなくなるだろう。

私、サムライ二世は欧州内を自由に動き回って、これからも多種多様な路面を踏みしめ続ける。

了

本文デザイン　落合雅之
編集協力　青龍堂

【著者紹介】
竹中 寛（たけなか ひろし）
熊本県出身、東京都葛飾区在住。
1965年　都立北豊島工業高校卒業　（株）ブリヂストン入社。
1970年　日本大学理工学部夜間部卒業。
1975年以降　レバノン、エジプト、イギリス、フランス、西ドイツ（現ドイツ）、ベルギーに技術サービスとして駐在　その後、豪州、南アフリカで現地法人の代表取締役社長を歴任　以上合計23年間の海外駐在を経験。2009年　同社を退社。
2010～2016年　三井物産パッケージング（株）技術顧問。
60歳の定年を機に文学を志し、塩見鮮一郎先生、八覚正大先生に師事
2011年文芸思潮誌エッセイ賞入選、2014年同誌エッセイ社会批評賞受賞（竹中水前）

濡《ぬ》れた石畳《いしだたみ》

2018年5月29日　第1刷発行

著　者　竹中　寛
発行人　久保田貴幸

発行元　株式会社 幻冬舎メディアコンサルティング
〒151-0051　東京都渋谷区千駄ヶ谷4-9-7
電話　03-5411-6440（編集）

発売元　株式会社 幻冬舎
〒151-0051　東京都渋谷区千駄ヶ谷4-9-7
電話　03-5411-6222（営業）

印刷・製本　中央精版印刷株式会社
装　丁　江草英貴

検印廃止

Printed in Japan
ISBN 978-4-344-91761-3 C0093
幻冬舎メディアコンサルティングHP
http://www.gentosha-mc.com/